文庫

ミヒャエル・エンデ
丘沢静也［訳］

遺産相続ゲーム

地獄の喜劇

岩波書店

DIE SPIELVERDERBER
oder Das Erbe der Narren
Commedia Infernale
by Michael Ende

First published 1989 by Weitbrecht Verlag, Stuttgart/Wien.

First Japanese edition published 1992,
this paperback edition published 2008
by Iwanami Shoten, Publishers, Tokyo
by arrangement with Piper Verlag GmbH, München
through AVA international GmbH, Herrsching, Germany
(www.ava-international.de).

目　次

はじめに

一九六七年、フランクフルト市立劇場での、この芝居の初演は、観客席の大騒ぎのうちに終わった。観客の一部は——白状すると少数派だったのだが——、これ見よがしの拍手をした。残りの観客、つまり多数派は、ブーイングをし、口笛を鳴らした。最前列にすわっていたひとりの紳士が、自分の座席のうえに立ちあがって、後ろにむかって、派手な見ぶりをしていたのを、私はまだよく覚えている。抗議する観客を説得しようとしていたのだ。いずれにせよ喧騒は、半時間ほどつづいた。

批評は、ごくわずかな例外をのぞいて、さんざんだった。この芝居は、混乱しており、理解不能、シンボル過剰、神秘的で支離滅裂、とりわけ恐ろしく悲観的であるというのだ。「不条理劇」と思われて、——当然こうなると分が悪いのだが——イヨネスコやブレヒトの芝居と比較された。それらと比べれば、もちろん不条理が不足していたのである。私の芝居は、批判的な寓話であり、時代に鏡をつきつけようとした怒りの阿呆劇だったのだが、そのことはまったく気づかれなかった。あるいは、この芝居の比喩的な性格は、きわめて不愉快なものと感じられたのである。だれひとりとして、自分自身やわれわれ全員の状況を、私がさしだした鏡のなかに、像として認めなかった。

『遺産相続ゲーム』は、――私の考えでは――楽観的な芝居なのである。つまり、劇場で上演される想像上の「世界の破滅」は――ハエ一匹殺さないのだが――、どんなにつつましくともなんらかの方法で、現実の「世界の破滅」をくいとめる役に立つのではないか。そういう希望が、芝居の出発点だからである。明らかに私の考えは、素朴だった。だがそのさいいずれにしても、当時の私の先生であったブレヒトの素朴さを、なんと、信頼していたのだ。彼いわく、「舞台の人物ではなく、観客のほうを、賢くすることが大切である」。ただし、現実の「世界の破滅」よりも、舞台や芸術で見せつけられる「世界の破滅」のほうが、多くの人にとっては気が滅入るらしい。そうとしか感じられないことが、ときおりあるのだ。じっさい私の作品は、以後、ますます攻撃的でなくなり、私自身は、ますます楽観的でなくなった。

一九六〇年よりも以前に、すでに、この作品の最初の草稿はできていた。そして何度も何度も書きなおしては、くり返し最初から表現を、もっと簡潔に、もっと明快にしようとした。目標は、コメディア・デラルテの現代版のようなもの。類型的な人物の登場する芝居だった。登場人物の心理の忖度《そんたく》よりは、ドラマとしての筋を重視する芝居である。典型的な行動・態度の類型を範例として示そうと思ったのである。国内や国際的な政治・経済・社会において目にすることができた類型。ヒロシマとともに核時代が出現したわけだが、それ以来、なにもかもいっしょくたに常軌を逸し、自殺にすら等しくなってしまった類型。そのメタファーとして、私の芝居では、遺産相続人のグループ《ゲゼルシャフト》を設定した。秘密につつまれた被相続人の遺言状の開封のために、相続人たちが、未知の力をいっぱいそなえた魔法の館《やかた》に集まって、全員に共通の利益のために協力するのか、それとも、ぞっとするようなやり方で破滅するのか、選択を迫られる。どんな決断をしても結果が予測できないような、まったく不確実な状況で、相続人たちは、それまでの習慣とは反対の、まったく新しい行動・態度を示さなければならない。が、そういうことはできない。彼らは、いつも通りの基本類型にしがみついたまま、最悪の結末を迎える。

思いだしていただきたい。当時は「冷戦」の時代だった。一九六一年にはベルリンの壁がつくられた。アデナウアーの「力の政治」が最終的に挫折した。一九六二年にはキューバ危機によって世界は、地球規模のカタストロフの瀬戸際に追いつめられた。二大強国にとって、ちっぽけなキューバよりも、原理が大切だったからだ。なんとも馬鹿ばかしく卑劣きわまりない戦争が、ベトナムで荒れ狂っていた。西ドイツでは学生が抗議し、一九六六年には「議会外の野党」として結集したが、二年後にはもう、無数の小さなセクトに分解し、イデオロギーの対立から血みどろの戦いとなった。『遺産相続ゲーム』初演から半年がたつかたたないうちに、予定されていたベトナム和平交渉が何か月も延期された。交渉のテーブルを丸にするか四角にするかで、双方の代表団の意見が一致しなかったからである。こういう遅れのせいだけで、両陣営では無数の人間の生命が犠牲になった。それも、身の毛がよだつようなかたちで。地獄のようにグロテスクな現実は、シニシズムにかんして、私の「ブラック・メールヘン」のはるか先まで行っていたともいえるだろう。しかしながら、私の芝居ははっきりと政治を問題にしていたわけではないので、政治との関係は気づかれなかった。当時、文化や芸術では、いわゆる「逃避主義論争」が盛んだったことを、忘れてはならない。政治や社会の問題を文字どおり語らないものは、不適格とみなされ、職業批評家のリーダーたちから即座に、「逃避の文学」として片づけられたのである。

この芝居のスタートにかならずしも好意的ではなかった事情は、しかし、それだけではなかった。演出部長ハインリヒ・コッホの演出は、たしかに、彼のもっとも成功した仕事ではなかった。配役は軒並み、見当ちがいか、力不足。舞台装置までもが、芝居のポイントをはずしていた。四方に開いたスタイルだったので、どんどん狭くなっていく牢獄の息苦しさなどは、出るわけがなかった。扉が一枚もなかったので、扉は「癒着」も消滅もできなかった。床が相続人たちの足もとで赤熱しはじめるので、彼らは交渉のテーブルのうえによじのぼることになるわけだが、なんと床のかわりに、よりにもよってテーブルの甲板が赤熱しはじめ、相続人たちはそのグリルのうえに飛び乗ったのだから、理解に苦しむ。最初から最後まで、一事が万事、この調子だった。

あの当時、フランクフルト市立劇場の総監督ハリー・ブークヴィッツと、演出部長ハインリヒ・コッホは、かなり以前から、フランクフルトの報道機関と関係をくすぶらせていた。いわば粛清リストにのっていたのである。疑いもなく私の芝居の上演は、願ってもない攻撃材料だったので、芝居とともに両人を葬る絶好の機会を提供することになった。この種の公《おおやけ》の殴り合いでは、周知のように、細かな区別はつけられないので、この私までもが殴られて、鼻血を出した。

もっとも、さらに深刻な事情が、別にあった。数年まえ私は、二冊の『ジム・ボタン』で最初の成功を味わっていたのである。子どもの本を書いても――しかもそれが当たった場合はなおのこと――、「シリアスな」批評の対象にはならない。これは、かの偉大なラドヤード・キップリングを例外として、これまで少なからぬ作家が経験させられてきた。なぜそうなのか、など知るものか！　だがキップリングだけが唯一の例外であるようで、その理由はいままで説明されたことがない。いずれにしても、批評が出れば、たいていはこんな意味にしか読めなかったのである。「子どもの本の作家よ、お願いだから自分の分をわきまえよ。「まともな」演劇のために書こうなんて、二度と思わぬよう！」

さてそろそろ、当然ながら、私の芝居の欠陥についても語らなければならない。しかもその数は少なくない。もっとも重大な欠陥は、たぶんつぎのようなものだ。あの時期は、みんな、とくに演劇関係者がそうだったが、ものすごく革命的で「反権威主義的」だった。あらゆる舞台で熱烈に議論された合い言葉があった。「アンサンブル・シアター」である。すべてにおいて、そう、なにもかもすべてにおいて、民主主義が徹底されるべきだ、というのである。劇場支配人だけでなく、演出家までが解雇の対象と考えられた。経済的な問題から芸術上の問題にいたるまで、あらゆる決定は、全員の自由な討論にもとづいて、くだされることになっていた。そのさい、アンサンブル・シアターのメンバーだけでなく、道具方からクローク係にいたるまで、全員が平等に決定権をもたされたのである。なかでも主役と脇役の差は、とくに、徹底的になくすべきだと考えられた。なんであれ全員で演じるべし。

白状すると、当時の私は、そういうアイデアに諸手をあげて賛成だった。それどころか、長い目で見ると、そこから新しい演劇美学が生まれるのではないかとさえ、思っていた。どうやったらこの新しい態度を、芝居の形式に、ドラマトゥルギーの構造に実現できるのだろうか、と考えはじめたのである。脇役が付録にすぎないような主役は、もういらない。それぞれの役は、場面のボリュームから、筋の展開にたいする重要性にいたるまで、まったく等価に割りふる。同時代の音楽やらモダン・ダンスでも、ずっと以前から、似たような動きがあった。そういうアイデアにたいして、『遺産相続ゲーム』のテーマは、理想的な可能性を提供するものだった。登場人物の全員が、おなじ争いのなかにいるので、全員が、その解決または未解決にたいして、おなじ重要性をもっているからだ。

しかしながら私は、まもなく気づかざるをえなかった。「アンサンブル・シアター」にまつわる議論のすべては——ほかの多くのことと同様——レトリックにすぎなかったのだ。私の芝居には主役がなかったので、主演俳優も見当らなかったのである。フランクフルト初演のさいも、たまたま劇場の第一俳優《プロタゴニスト》たちはみんな、ほかの芝居に出ることになっていた。初演以来この作品は、ドイツではプロの劇場では上演されていない。逆に、学生の舞台や生徒の演劇では、スタンダード・ナンバーに近いものになっている。十二人の配役がまさに等価だから、かもしれない。そしてきっと、芝居が寓話劇だから。

もちろんいまなら、このような芝居は書かないだろう。当時、新しい演劇の問題と格闘していた者はほとんどそうだったが、私もまた、ベルトルト・ブレヒトのドラマトゥルギーの理論から強い影響をうけていた。彼の「叙事演劇」は、観客が舞台の人物に感情移入して一体となることを、いわゆる「異化効果」によって妨げようとし、観客には、舞台の出来事にかんして批判的な距離をとらせようとする。つまり、「ありきたりで日常的なものを、奇妙で未知のものとして」描いて、舞台の出来事や状況は、ほんとうに永遠で変革不可能なものなのか、それともむしろ批判や変革が可能なものなのか、観客にあれこれ考えさせるのだ。ブレヒトの演劇は弁証法的で、社会の啓蒙や教育に奉仕するという目的をもっている。「現実の変革のために現実の模写をする」のである。つまり演劇というのは、(たとえばスタニスラフスキーのように)擬似的な現実を生みだそうとするべきではなく、実地教示的な性格をはっきり示すべきものなのだ。そこから、いろいろな基本的な様式が生まれる。

当時の私には、このコンセプトが、現代演劇の唯一の可能性に思えた。もっと正確にいえば、現代社会の演劇に意味深い機能をあたえる唯一の可能性に思えた。とはいえ私は、——当時、多くの人がやったように——ブレヒト節を踏襲するのではなく、彼のドラマトゥルギーだけを踏襲しようとした。私にはマルクス主義は、いくつかの本質的な点において、とっくに時代遅れのように思えた。それにブレヒトは階級闘争から、乱暴だが根は善良なパトスを仕入れていたのだが、当時すでに私には、その階級闘争そのものが信じられなかったのである。先進諸国では、とっくにプロレタリア階級は存在しなくなっていたからだ。また核物理学によって、そしてテクノロジーや工業の発展によって、政治・社会の問題は、どんな階級問題をもはるかに超えた次元にまで、達してしまったのである。

こういう新しい状況を「異化」するという意味では、現実離れした《ファンタジーの》メタファーこそが、芸術の方法として適切だと思えた。人類の直面している「存続か消滅か」という、きわめてリアルな問題を、はっきり描くことができるからだ。たとえば、「大増殖」のような「魔術的なプロセス」。芝居では鍵や分《ぶん》が異常に増殖すると、供給過剰のせいで、その意義や価値を自分でなくしてしまうのだが、私はこのメタファーが、たえず成長しつづけるように呪われた工業的大量生産の、詩的な表現として、だれにでも理解される暗号になるものだと確信していた。だがそれは勘違いだった。なんでもかんでも読み取られるとはかぎらなかった!

歳月とともに、私はブレヒトの理論からどんどん離れていった。彼自身も結局のところ自分の理論をほとんど信じていなかった(「幸運にも」と、つけ加えておく必要があるが)。そのことがはっきりしてからは、とくに私は彼から離れた。いま私は、演劇には——ほかの芸術もみんなそうだが——啓蒙や教育の任務などまったくない、と思っている。そういう目的には、いちばん不適切な手段だとすら思う。演劇は、学校でもなければ、教会でもない。そのどちらかであろうとすれば、実体をなくしてしまう。演劇は、想像力の自由な空間なのである。それでは物足りない、物足りなさすぎると思う人は、意見を公表するのにもっとましな可能性を、ほかに探せばいい。演劇と社会の関係は、夢と個人の関係とおなじだ。美しくて、ときには恐ろしくもある狂気の、あの演じる・遊ぶ《シュピールの》空間は、絶対に必要なのだ。正気の理性を健康にたもつためには、なくてはならない。しばらく夢を見るのを妨げられると、文字どおり分別をなくす、ということが確認されている。われわれの社会はまさにこの病気にかかっているのではないだろうか？

　いま私は確信している。観客が舞台の主人公に感情移入して一体となり、主人公になりかわって美しい夢や恐ろしい夢を見るのは、まったくもって正当な権利なのである。

　『遺産相続ゲーム』を書いたとき、喜劇的な科白《せりふ》まわしによって、観客をいわば罠にかけようと思った。観客は笑うべきなのだが、しだいに笑いは観客の喉にひっかかったまま、最後に馬鹿者どもが炎につつまれ破滅の叫びをあげるとき、それが自分の未来の姿の前兆かもしれないと気づかせる、という計算だった。しかしいま思えば、あまりにも観客の善意にたいする過大な要求だったのではないか。だれだって好き好んで、鼻面を引きまわされたくはない。すくなくとも、木戸銭を払った人間はそのはずだ。当然ではないか。舞台と観客のあいだには暗黙の了解のようなものがある。礼儀作法みたいなものだ。つまり観客は、幕のあがった瞬間から、科白まわしや身ぶりによって、自分に期待されている気分に、なろうとする。客席で笑おうが泣こうが、それをあとで恥ずかしがる必要はないのだ。実際の人生ではたいていちがったふうに事が運ぶからこそ、演劇は観客の願いを尊重するべきなのである。ところが当時の私は、生意気にも勝手に、そうしなかった。

そうこうしているうち、四半世紀ほどがすぎた。で、この芝居を――今回は本のかたちでだが――たくさんの観客にお目にかけようと思いたった。もちろん疑問が浮かばなかったわけではない。全面的に加筆して、未消化のところやりすぎの箇所を、なめらかにしたり削除すれば、もっと好ましい姿になって、もう一度舞台にかけられるかもしれないではないか。だがそんなことをすれば、まったく別の芝居になってしまうだろう。というわけで、欠陥もそのままにして、手を加えないほうがいいと考えたのである。いま書けば、ほとんどの箇所がちがったものになるだろうが、だからといって、もとのかたちを私が支持していないわけではない。あいかわらず上演可能な芝居であると思っている。そして、この芝居のアクチュアリティーは、——エコロジー的な破局がますます明らかになってきているので——むしろ大きくなったように思えるのだ。ことによると、舞台と観客席の両サイドで、もっとよく理解されるようになるかもしれない。結局、この芝居の有用性についてのほんとうの判断は、すくなくとも一度、舞台できちんと上演されてからの話である。——しかし、そういう上演は、いまのところ、まだ存在してない。

一九八八年九月

ミヒャエル・エンデ

私は生き、私は死ぬ。
汝とともに、おお、人の子よ。
それゆえ、愚か者どもの相続財産は
冷たい風にたなびく煙。

私は花ひらき、枯れる。
汝が枯れ、花ひらくように。
それゆえ、愚か者どもの相続財産は
空虚で荒涼たる奈落。

おのおの、みずからに起因せし
もののみを、獲得するがよい。

それゆえ、愚か者どもの相続財産は
愚か者どもの破滅。

汝自身、汝に贈られる。
賢くあれ、人の子よ！
愚か者どもの相続財産は、風に
たなびく煙のように、消えてゆく。

ヨハネス・フィラデルフィアの宮殿の正面玄関うえに刻まれた銘

遺産相続ゲーム

——地獄の喜劇

登場人物

レーオ・アルミーニウス博士　公証人
アントーン・ブルト　老召使い
エーゴン・S・ゲーリュオン　保険会社社長
エルスベト・ゲーリュオン　その妻
ニーニヴェ・ゲーリュオン　ゲーリュオン夫妻の娘
ゼバスティアン・ノートハフト　若者
アレクサンドラ・フォン・クサナドゥ　女猛獣使い
マルクス・シュヴェーラー将軍
クラーラ・ドゥンケルシュテルン　女教師
パウラ・オルム　皿洗い女
アンナ・フェンリス　盲目の老農婦
ヤーコプ・ネーベル　前科者

第一幕

謎めいた宮殿の大広間。日がさしこんでいる晩夏の午後。色鮮やかな鳥たちが自由に飛びまわり、あたり一面、鳴き声にみちている。

第一場

女の声　(はるか遠くで)ニーニヴェ！

男の声　(ちょっと近づいて)ニーニヴェ！

(全身をすっぽりと長い布でおおい、顔には天狗の面をつけて、変装した人物が、スーッと舞台を横切る)

男と女の声　(かなり近くで)ニーニヴェ！

(仮面の人物が隠れる。エーゴン・ゲーリュオンとエルスベト・ゲーリュオンが登場。エーゴンは、五十歳くらいの恰幅のいい実業家、エルスベトは夫より二、三歳若く、太り気味で、

かなり派手な化粧と服装)

エルスベト　だめだわ、ここにもあの娘《こ》はいない。

エーゴン　(ため息をつきながら、腰をおろす)

エルスベト　あの娘《こ》に言っといたのに、そばを離れないようにって。言うことを聞くってことができないんだから!

(おなじように腰をおろし、靴をぬぐ)

靴が、こんなにきゅうくつじゃなければいいんだけど……

エーゴン　言っただろう、新しい靴はやめておけって。――どのくらい、ここでぐるぐる走りまわっている?

エルスベト　すくなくても半時間。

エーゴン　驚いたな。

エルスベト　外から見ると、ほんとうにこの家、これほどまで大きくはなかったわ。こんなことがあるのかしら、エーゴン、外より中のほうが大きい家なんて?

エーゴン　(苦しそうに)お願いだ、エルスベト。

エルスベト　いい加減に、だれかと会ってもいいはずよ!

エーゴン　まだ時間はじゅうぶんにある、エリー。

（間《ま》。ふたりは広間のなかを観察する）

エルスベト　もう計算の答えがでたの、エーゴン？

エーゴン　これまで見てきたものだけで、もう何百万マルクって額になるよ、おまえ。保険屋として、この種のものには鼻はするどく確かなんだ。

エルスベト　ねえ、どうなの、相続人はたくさんいるんでしょう？

エーゴン　おまえより多くは知らないね。それよりずっと心配なことがある。ヨハネス・フィラデルフィアという名前、いまだにさっぱり見当もつかないんだ。

エルスベト　もしかして、あなたの同級生だったんじゃないかしら。それとも、偽名。それとも、いつかあなたが親切にしてあげた人なんだけれど、そのことを忘れてしまったとか。

エーゴン　そのうち、はっきりするだろう。

エルスベト　結局その人、私たちの名前を遺言状に書きつけなかったでしょうよ。もしも、私たちがその人にとって見ず知らずの人間だったとしたら。

エーゴン　いずれにしても、だれかれなしに余計なことは喋らないことだ。聞いてるのか、エリー？　こういう問題では、用心しすぎるってことはないからな。
（仮面の人物が隠れていた場所から出てきて、ふたりを驚かせる）
エルスベト　（叫び声をあげる）エーゴン！
エーゴン　（どうしたらいいのか、わからず）なんだ！　これはなんだ！
仮面の人物　（笑いはじめ、仮面をとる。ふたりの娘ニーニヴェである。十六、七歳で、ビザンチンふうの目鼻立ち、両親とは似ても似つかない）
エルスベト　（怒って）ニーニヴェ！
エーゴン　（胸を押さえて）ああ！
ニーニヴェ　（ふくれっ面《つら》をして）ほんの冗談だったのよ。
エルスベト　（エーゴンに薬を一錠渡しながら）わかっているでしょう、気の毒にお父さんが健康じゃないことくらい。いまにお父さんを殺してしまって、「ほんの冗談だったの」なんて言うんでしょうが。
エーゴン　（エルスベトにむかって）ほうっときなさい！
（ニーニヴェにむかって）さあ言ってごらん――だれかに会ったかい？
ニーニヴェ　（つんとして）ええ会ったわ。

エルスベト　だれに？
ニーニヴェ　私がなにを言っても、信じないくせに。
エーゴン　ちゃんとほんとうのことを言うなら、信じるよ。
エルスベト　それがあなたには、たいていの場合、かなりむずかしいのよね。
エーゴン　この娘《こ》を怒らせちゃいけない、エルスベト！——さて、いい娘《こ》だ、いったいだれに会ったのかな？
ニーニヴェ　（だらしない格好で椅子にすわっている）
室内馬場って、ほんとうに見たことある？　おとぎ話みたいなのよ、ほんとに。教会のように、ものすごく大きくって、どこもかしこも薄暗いの。壁にあるのは鏡ばっかり。どの鏡にもみんな黒い布がかかっていてね。お父さんも、お母さんも、どんなものか想像もつかないでしょ。
エーゴン　ふーん、で？　それから？
ニーニヴェ　あたりを見まわしてみる——と、突然、奥の隅に見えたのよ——ものすごく大きな黒い馬が。
（自分がしている話にうっとりとなって、立ちあがる）

ぴくりとも動かない。剝製だ、って最初は思ったわけ。近づいていくと、急に闇のなかで、馬の首のうえのほうに、見えたのよ――二つの白い眼が。二つの眼だけが、わかるでしょ、じっと私を見つめているの。

エルスベト　まあ神さま！

ニーニヴェ　だから私、じっとそこに立っていた――そのうちにだんだん騎士だってわかった。姿が、両手が見えてきた。でも顔だけはわからない。仮面をつけていたの――ほら、これ。

(仮面をつけてみせる)

エルスベト　おまえと話をしたのかい？

ニーニヴェ　ええ。とっても奇妙で、かん高くて、年寄りのような声だった。

エーゴン　騎士はなんと言った？

ニーニヴェ　(ふたたび仮面をつけて)

「父上に伝えよ、用心するようにと！」

エーゴン　(突然、心配になって)私が用心を？　いったいなにに？

ニーニヴェ　(あいかわらず仮面をつけたまま)

「欺かれぬよう」

エーゴン　だれのことを騎士は言っているのだ？　名前を言ったのか？

ニーニヴェ　(肩をすくめて仮面をはずす)

エーゴン　相続人のだれかのことなのか？　思いだしてごらん、さあ。

ニーニヴェ　(うんざりして)「欺かれぬよう気をつけられよ！」と言ったの。それだけ。

エーゴン　その騎士とやらは何者なんだ？　おまえ聞かなかったのか？

ニーニヴェ　聞いたわ。でも、その人、こんなふうにしたのよ。

(仮面の唇に指をあて、仮面に首をふらせて拒絶してみせる)

エーゴン　で、それから？

ニーニヴェ　(もう話す気をなくして)それから、馬で行ってしまった。

エーゴン　(突然、疑い深そうに)じゃ、その仮面は？

ニーニヴェ　(無邪気に)あとで見つけたの。

エーゴン　そうか、見つけたのか！　ニーニヴェ、お父さんの眼をよく見るんだ！

またお父さんたちに嘘をついてるんじゃないのか？

エルスベト　絶望的だわ、エーゴン。この娘《こ》、どうしたらいいのかしら？

エーゴン　さあよく聞きなさい、いい子だから。ほら、人生にはな、おたがい絶対に信頼しあえる、そういうことが必要な事態というものがある。遺言状の開封の場合もそうだ。これは嵐のなかの船みたいなものだ、わかるね？　みんなが肩をならべて、それぞれ自分の持ち場についている。たったひとつのまちがった報告で、全員が海底へひきずりこまれるのだ。いまは、しっかり力をあわせなければならない。お父さんの言うことがわかったかい、ニーニヴェ？

ニーニヴェ　だから言ったでしょう、私の言うことはなにひとつ信じてくれないんだから。

（この瞬間《とき》、家のなかで、こちらに近づいてくる蹄《ひづめ》の音が聞こえる）

エーゴン　（聞き耳をたてながら）あれは馬じゃないか？――ほんとうだ、蹄《ひづめ》の音だ！　どうしておまえは、嘘をついてたようなふりをするんだ、ニーニヴェ？　近づいてくるぞ！

（体を起こす）

どうしてもその男とは話をしなくては。さあ、いっしょにくるんだ！

（急いで出ていく）

（エルスベトはあとを追い、ニーニヴェはひとりで残る）

第二場

ニーニヴェひとり。

ニーニヴェ （驚いて）あら、嘘だったのに！

（意地悪そうに小声で吹きだす）嘘だったのに！

（突然、まじめに）ああ、いまわかったわ、ようくわかった！　ここでは嘘がつけないんだ。なにか言うと、たちまち、それが現実になるのね。この家は私たちの言うことをじっと聞いている。そうでしょう、聞いてるんでしょ？　もしかすると私は、あなたの大きな耳のまんなかにすわっているのかも。

（鏡のまえで、体にまきつけた布にひだをつけ、舞台右手の玉座に腰をおろす）

私の言うことを、ちゃんと聞いて！　完全に私のものだって言えるようなものが、ほしいの。たとえば、そう、きれいな鳥。手にはいれば、殺してしまえるようなの

―理由なんてないわ。ただ、その鳥が私のものだっていうしるしに、殺すだけ。その小さな亡骸《なきがら》のまえで、たぶん私はひどく泣くのよ。ねえ、わかるかな、家さん？　わかったら、鳥をちょうだい。アーメン。

第三場

たのしそうな口笛が近づいてくる。ゼバスティアン・ノートハフト登場。肉体年齢は二十歳ぐらいだが精神年齢は十二歳の若者。ときどき鳥たちに返事をする。ニーニヴェを見ると、立ちすくみ、口笛の最後の音をゆっくり涙のしずくのように流し、こぶしで胸を打って、調子はずれの声ですこしうたう。

ゼバスティアン　プフ！　プフ！　プフフフ！
（説明しながら）花火だよ！　プフフフ！

ニーニヴェ　（立ちあがり、むこうへ行こうとする）

ゼバスティアン　気をつけろ！

（ニーニヴェはぎくりとして、ふり返る。ゼバスティアンは高価な花瓶をすばやくつかみ、舞台のむこう側にいるニーニヴェにむかって投げつける。ニーニヴェは思わずそれを受けとめる。ゼバスティアンが笑う）

ニーニヴェ　気が狂ってるの？

ゼバスティアン　（まじめな顔をして）完全に！　ぼくの食器棚から茶碗が全部なくなっていて、そのかわり、ぼくっていう食器棚の頭はいかれていて、どのネジもすっかりグラグラなんだ。さあ、だれでも好きな人にお尋ねください。

ニーニヴェ　私にもそう見えるわ。

ゼバスティアン　こういうことに目がきくんだな。最初ぼくがどう思ったか、わかりますか？　女王アトランタがすわっている、と思ったんですよ。

ニーニヴェ　それ、だれなの？

ゼバスティアン　女王アトランタ？　知らないんですか？　それはないよ！　もしかして、ファントムのこと、これまで一度も聞いたこと、ない？　あのコミック・シリーズ、ですよ。いったい、どういうもの読んでるんですか？

ニーニヴェ　いろいろ。――たとえば抒情詩。

ゼバスティアン　知らないな。そいつ、いいの？　ファントムは、ぜひ読まなきゃ。ファントムは最高だ！

ニーニヴェ　ほんとうに？　どういうところが？

ゼバスティアン　やっぱり尋ねた！　まさに英雄だからさ。原生林の主《ぬし》。高貴なんです、わかりますか？　それに、けっして嘘をつかないから。

ニーニヴェ　本気でそう思ってるの？

ゼバスティアン　ええ。ぼくは嘘をつく人が好きじゃない。あなたは？

ニーニヴェ　そのコミック・シリーズに書かれてることを、信じてるわけ？

ゼバスティアン　全部ドキュメンタリーなんだ。一冊あげますよ。自分で読めばわかるでしょう。

（ゴブラン織《タペストリー》のところへ行き、絵に描かれている銘帯を指さす）

こういうのにも似ているみたい。なんて書いてあるの？

ニーニヴェ　モン・セル・デジール。

ゼバスティアン　秘密の言葉？

ニーニヴェ　フランス語よ。

ゼバスティアン　ちぇっ、フランス語なんてわからないよ。
ニーニヴェ　私のただひとつの憧れ。
ゼバスティアン　なんで？
ニーニヴェ　そう書いてあるのよ。
ゼバスティアン　私のただひとつの憧れ？　これも高貴だ。
ニーニヴェ　あなたいったい何者なの？　つまり、職業は？
ゼバスティアン　（肩をすくめる）
ぼくは、ありとあらゆることをやってきた。ベルトコンベア、建築現場、ガソリンスタンド……、でも、どれも、ぼくには向いていない。体験するってことがないんですよね。ここで大金を相続したら、世界一周の冒険旅行をします。これから、ほんとうに大きなことをするつもりなんだ、きっとね。
（広間のなかを見まわす）
ここが気にいった。
ニーニヴェ　いったいなんで、ここにやって来たの？
ゼバスティアン　（ポカンとした顔で）ぼくの自転車で。

ニーニヴェ　私が聞いたのはね、あなたも遺言状開封のためにここに来たのか、ってことなの。
ゼバスティアン　うん……そうだけど。ただね、ぼくはぜんぜん知らない……
ニーニヴェ　死んだ人がだれなのか、を？
ゼバスティアン　あなたも？
ニーニヴェ　いいえ。私はちゃんと。それどころか、とてもよく知っていたわ。
ゼバスティアン　だれだったんですか？
ニーニヴェ　私のお父さん。
ゼバスティアン　（うろたえて）ああ、じゃあ……じゃあ、つまりあなたはお嬢さんなんだね……亡くなられたのは、お父さんなんだ。心からお悔み申しあげます。許してください、ぼくがあんな……
ニーニヴェ　いいのよ。でも当分のあいだ、そのことはだれにも言っちゃだめ、わかる？　どうしても内緒にしておくの。
ゼバスティアン　そういうことならぼくは金庫みたいなものさ。信用してください。
ニーニヴェ　で、ねえ、なぜあなたをここに呼んだのか、知ってる？　私を守ってくれる人が必要なの。

ゼバスティアン　（すぐには意味がのみこめないが、しばらくして喜んでとびあがる）

ニーニヴェ　私の言うことを聞くなら、すごい宝が手に入るでしょう。まったく想像もできないほどの大金持ちになるでしょう。けれども私の言うことはなんでも聞いてもらわなくちゃ。

ゼバスティアン　それでは、これからあなたはぼくの保護下にあります。

ニーニヴェ　でもこれはとても危険なことなのよ。心配じゃない？

ゼバスティアン　なにが？

ニーニヴェ　この建物は罠なの。

ゼバスティアン　（歯笛を吹く）

ニーニヴェ　（自分で自分の話に魅せられて）つまりね、この建物は、ひとが思うほど大きくなんかないの。それどころか現実にあるのは、たったひとつの空間だけ。階段も廊下もみんな壁に描かれているだけ——でも、とても上手に描かれているので、中に入っても、それが錯覚だとは気がつかないほど。そしてまたその内側の壁に扉が描かれていて、扉のうしろに部屋があり、それから新しく階段と廊下がある。そういう具合にどんどん続いているの。

ゼバスティアン　(感激して)よくわかります。四次元とかいうものでしょう。知ってんだ。

ニーニヴェ　そして私たち二人――いまじつはどこにいるのか、知ってる？　私たちは、小さな絵のなかに描かれた、ほんとうにちっぽけな二人の人物にすぎないの。で、その小さな絵は部屋にかかっているんだけど、その部屋というのも、一枚の絵のなかに描かれていて。私たちは、どんどん中へ入っていける。奥へ奥へどんどん入っていけるんだけど、終わりというものがない。それでいて私たちはもう戻れない。ただし……

ゼバスティアン　ただし、なに？

ニーニヴェ　(とてもまじめに)ただし、あなたが私を連れだしてくれるなら、別なの。できると思う？

ゼバスティアン　ぼくを信用してください。

ニーニヴェ　あなた、とても強い？

ゼバスティアン　強くなければならないんですか？

ニーニヴェ　私をおんぶしてもらう必要があるの。
ゼバスティアン　なんだ、そんなことなら。
ニーニヴェ　でも、とっても重いんだから。
ゼバスティアン　そうは思えないけど。
ニーニヴェ　ほんとに、とっても重いの。私の言うことはどうしても信じてもらうわ。
石でできたみたいに重いのよ。
ゼバスティアン　試しに一度、だきあげてみたいんだけど——もしも許していただけるなら。
ニーニヴェ　では、やってごらんなさい。
ゼバスティアン　（用心深く両腕で彼女をだきあげる）
ほら、らくなものだ。
（ふたりは笑う）
（舞台裏で銃声が一発きこえる。色鮮やかな鳥が一羽、ふたりのそばの床に落ちて、死ぬ）
ニーニヴェ　私の鳥！

第四場

第三場の人物。アレクサンドラ・フォン・クサナドゥが煙のでている銃を手にギャラリーに現われる。古ぼけた乗馬ズボンをはき、穴だらけのとっくりのセーターを着ている。どうやらその服装のまま、穀物倉で寝ていたらしい。

アレクサンドラ　あ、はじめてのお客さまね！　お祭りのはじまり！

（階段をおりてくる。ゼバスティアンはニーニヴェをおろし、彼女を守るようにして立ちはだかる——柔道の構え。アレクサンドラは彼を無視して通りすぎ、鳥をひろいあげる）

この鳥、びっくりするほどきれいでしょ？　トパーズに瑠璃《るり》。ひざまずきたくなるほど気品があって。一時間もまえから追いかけてたのよ。

（急にゼバスティアンのほうを向いて、じっと彼を見つめる）

なんのために、あなた、やって来たの？　遺産を相続するため……ああ、坊や、あなたがなんのためにやって来たのかは、お見通し。予感ってものを信じますか？　そういう能力がときどき馬にはあるのよ。

ゼバスティアン　(まっすぐに立つ。見るからにホッとして)ぼくらに敵意があるな、と思ったものですから。こんにちは。
アレクサンドラ　(ほほえみながら彼にうなずき、それからなかばひとりごとで)もしかしたらこの家のどこかに火があるのかもしれない。
ゼバスティアン　ぼく、マッチもってます。
アレクサンドラ　ありがとう。私が気にしているのは私のことじゃなくて、私の山百合《ベルクリーリエ》のこと。あの娘《こ》、気が変になってしまって、狂ったように走りまわっているの。ひょっとして、あの娘《こ》に会わなかったかしら?
ゼバスティアン　(まじめな顔をして)走りまわる百合《リーリエ》――そんなものがいたなら、きっと気がついたはずだけど。
アレクサンドラ　(ふたたび彼をじっと見つめて)そうね――あなたって、いつもそんなものを信じる質《たち》なのね。――白い雌馬のことなのよ。山百合《ベルクリーリエ》はみんな、マホメットの種馬の直系なのよ。
ニーニヴェ　(突然わかる)あ、そうなの!
ゼバスティアン　なんのためにあなたの馬、マッチが必要なんですか?

アレクサンドラ　あの娘《こ》、火がこわいのよ。あるときサーカスが燃えて、そのときは何時間もまえから感づいていた。いつもは百合《リーリエ》は世界じゅうでいちばん利口な馬でね。いちばんむずかしい猛獣ショーのときだって、あの娘《こ》は記念碑のようにじっとしていたわ。でも今日は？——私は今朝はやくここに着きました。門は開いていて、ほんとうに気持ちよく三階まで馬であがっていき、いろんな物をながめて、馬からおり、小さな花瓶を手にとった——明朝《みんちょう》初期のよ！——そのとき突然、百合《リーリエ》が歯をむきだし、耳をぐっと横にたおし、踏み切りの遮断機のように前足を高くあげて、ヒューーッ！　あっというまに走ってってしまった。いくら呼んでも、なにを言っても、だめだった！　それから、姿を消したまま。

ニーニヴェ　サーカスの方《かた》なんですか？

アレクサンドラ　そう。七頭のトラと四頭のライオンと黒ヒョウを一頭、飼っていたわ。十一月二十七日。なんの日か、おわかり？　私の命日なの。動物たちを売りはらわなければならなかった日。

ゼバスティアン　（うろたえて）でもあなた——あなたは、ピンピンして生きていらっしゃるみたいです。

アレクサンドラ　（親しそうに）ひとはしばしば人生で死ぬものなんです——ほんとうに生きているのなら。
ニーニヴェ　なぜ売りはらわなければならなかったんですか？
アレクサンドラ　（軽やかに）じつに簡単な話よ。私たち破産しちゃったの。
ニーニヴェ　もしかするとこれから大金を相続して、動物たちをみんな買いもどせるかもしれないじゃない。
アレクサンドラ　そうは、しないでしょうね。たとえ百万マルクもっているとしても、お嬢さん。
ニーニヴェ　なぜ？
アレクサンドラ　私、どんなことでも撤回はしないの。——シィーッ！　あの娘《こ》だわ！
（蹄《ひづめ》の音。今回はずっと遠くで）
百合《リーリエ》！　いとしい娘《こ》！　ビロードの口をした娘《こ》！　ええい畜生、いい加減に聞きなさいよ、ヒステリーの揺り木馬め！
（耳をすます）

天上人《てんじょうびと》の顔をした娘《こ》！　太陽のような毛並みをした娘《こ》！　くそっ、いますぐ止まらないのなら、体じゅうの骨をみんなへし折ってやる、ぐずの臭いラクダ野郎！

（蹄《ひづめ》の音が消える）

私の言うことを聞かない。すっかり気が狂ってしまったのね、かわいそうに。投げ縄でつかまえるしかないわ。

（急いで出ていく。ゼバスティアンとニーニヴェは顔を見あわせ、好奇心にかられて彼女のあとを追う）

第五場

公証人レーオ・アルミーニウス博士。山高帽をかぶり、脇に書類かばんをかかえ、歩きまわって、いくつもの肖像画や胸像をながめては、心のなかで拒絶する。

アルミーニウス　……それともこっち？　ヨハネス・フィラデルフィア、これがあなたのお顔だったんですか？　人間というものをどれほどご存知なのか、私には見当がつきませんな。正直に申しあげれば、あなたのやり方にはムカムカする。相続人たちの弱さを試そうとなさっているのですからな。そんなに連中のことを信頼しておられるのか――それとも軽蔑しておられるのか？　前者が馬鹿げたものなら、後者は陰険ですぞ。

（先に行きかけるが、唖然として立ちどまる）

第六場

アルミーニウス。彼のまえにはアントーン・ブルトが、自動車技術の黎明期の運転者のように全身をすっぽり覆ったいでたちで、立っている。

アルミーニウス　お見うけしたところ、ブルトさんですね？

アントーン　公証人さま、奇妙な姿をしておりますが、どうぞお許しください。ちょっとご報告だけ、と思いまして。ただいま手前は相続人の皆さまを駅まで自動車でお出迎え申しあげました。で、こういったスポーティな格好をしております。

アルミーニウス　ご立派ですな、ブルト君！　うれしいことに私はその自動車に乗らずにすんだわけだ。いずれにしても皆さん全員無事に到着されましたか？

アントーン　ご無事でございます、公証人さま。ご案内申しあげたのは、列車で到着なさった四名の方です。

アルミーニウス　四人だけ？　ほかの人はどこです？

アントーン　数名の方はすでにこの家にいらっしゃるようで。

アルミーニウス　そうでしょうな——これまでに何度も物音が聞こえましたから。相続人が一晩泊まることになるかもしれない点は、ご承知ですね？　いやもっと長びくかもしれない——万事、収まるところに収まるまでは。そういう場合の準備はできていますか？

アントーン　はい、たしかに、公証人さま。できるかぎりのことは、やっておきました。

アルミーニウス　その努力は、さほど表面にはあらわれておりませんな。

アントーン　おお、そのことでございましたら——以前はこの宮殿は正真正銘、秩序と美の奇跡でございました。ですが、ご主人さまの死後、この宮殿は輝きを失いはじめたのでございます。正直に申しあげますと、手前の責任ではないかと気にしております。

アルミーニウス　（辛辣に）ほんとうに、気にしているのですか？

アントーン　ひたすら静かにしておるべきだったと思います。カオスの侵入をはばもうと手前はあれこれ試みました、が、どの試みもカオスをひどくするばかり。たとえ気がつかないとしても、カオスがひどくなっていくのです。ところで、お尋ねしますが、だれが、ひたすら静かにしておれますでしょう？　天上でも地上でも気づかれないほど静かに、ですよ。神々や天使たちが鳥のように、無邪気な案山子《かかし》のまわりに悪気なくおりてくる、それほど静かにですよ？

アルミーニウス　教えていただきたい、ブルトさん。私の頭にシャンデリアが落っこちるのを待っておられるのかな？　そうでなければ、なぜ、ずうっと空を見あげているのです？

アントーン　鳥のせいです、旦那さま。どうやらまだなにもお気づきではないごようすで。ここ数日中に、連中は移動いたします。ですから、なんにも注意していないのです。

アルミーニウス　移動？

アントーン　宮殿の南から北へ。つがいになって、巣をつくるのです。ほらご覧なさいまし。鳥たちは飛びながら空に記号を書いています。メッセージです。愛情のアルファベットです。心臓だけが読むすべを心得ている——もしも読み方を学んだなら、ですが。公証人さま、お気づきではございませんか？　言葉がひとつ欠けているのが？

アルミーニウス　いや。もしかしたら子どもたちの文法だけが、足りないのでは？

アントーン　旦那さま、気にかかることがございます。ひとつの貴重な、かけがえのない言葉がこの宮殿から奪われたのです。この宮殿がその言葉を話せるようになる日は、けっして二度とこないでしょう。そして死んだ言葉は、沈黙のはじまりなのでございます。

アルミーニウス　それはどういうことなんです？

アントーン　旦那さま、つまりそれは、この家が、ほかのどの家とも異なっている、ということでございます。普通の家ではございません。

アルミーニウス　たしかに、この家は異常で不愉快だ！

アントーン　この家は生きております。
アルミーニウス　えっ？
アントーン　この家は呼吸をしております。返事もする。生き物なのです。
アルミーニウス　あなた、最近ずっとひとりだったのではありませんか？
アントーン　（きびしく）これは手前の義務でございますが、この家に逗留なさる方には、どなたさまにも、はっきり説明しておかねばなりません。つまり、この巨大な宮殿全体は、たった一枚の、誤ることのない、生きた鏡でありまして、この鏡は、映しだされた像をすべて、その実像に投げかえし、その実像のほんとうの姿を明らかにしてみせるのです。おお、変容というものが語りえるものであれば。この家の変容を、そしてまたこの家に逗留する者の変容を、奇跡にみち、しかも恐ろしい変容を……
アルミーニウス　ブルトさん、あなたに命令をくだすなんて、私の仕事ではない。だが、召使いとしての義務に専念するよう、せつにご忠告申しあげよう。
アントーン　旦那さま！　かように影響力のある真実を黙っているようにと、法律家から忠告されるとは、驚き呆れます。ご忠告には従いません！

アルミーニウス　お好きなように。さて、皆さんをお連れするように。私は執務室で待っているから。

アントーン　かしこまりました、公証人さま。

（ふたりはそれぞれ逆の側へ退場）

第七場

外はいよいよ雷雨になりそうである。盲目の老農婦アンナ・フェンリスが用心しながら舞台に出てくる。それと同時に、ギャラリーには鳥をもったアレクサンドラ・フォン・クサナドゥが姿をみせる。彼女は手すりにもたれて、盲目のアンナを観察する。アンナ・フェンリスは、なにごとかブツブツつぶやきながら歩きまわり、いろいろな物や織物に手をふれて、吟味する。話し声がこちらに近づいてくるのが聞こえると、彼女は急いで椅子に腰をおろす。鳥の鳴き声はしだいにやむ。

第八場

第七場の人物。パウラ・オルムとクラーラ・ドゥンケルシュテルンが登場。エーゴンとエルスベトも。

クラーラ　ここは、もうじゅうぶんに見てまわられたんでしょう?

エルスベト　考えてもみてください、だれひとりいなかったので、それはもう心配で。でもいまは私たち、つまり夫と私はよろこんでおりますの。皆さんがいらっしゃって、お近づきになれるんですもの。いままでは私たち、ひとつの大家族といえるのではございません?

エーゴン　ところで、あの将軍——彼はどこにいるんですか?

エルスベト　さっきまでごいっしょだったわ。

パウラ　上品な紳士ね。あたし、列車のコンパートメントでいっしょだったの。

クラーラ　まあね。個人的な判断はひかえておきます。人間的には好感がもてるのでしょうけれど、あたくし、原則として軍人はお断りです。

エーゴン　この雲行きだと、もうすぐ雷雨になりそうだな。

パウラ　ねえ先生、もう一回あの話にもどりましょう。つまり先生がこれから、たとえば百万マルク相続するとしたら？

クラーラ　（笑う）まあ、あなたったら。たとえそうなっても、あたくしの人生はたいして変わらないでしょう。

パウラ　そんなこと、絶対信じられないわ。

クラーラ　では、わかるように説明してみましょう。あたくし若いころ、とっても苦労しました。そのあとだって苦労しましたが。幸福と呼ばれているもの、つまり内面的な真の幸福のことですが、あたくしにはそれがさずからなかった。過去のことですけれどね。

（ゼバスティアンとニーニヴェが登場するが、後景にとどまって、ほかの人たちには気づかれない。ニーニヴェはゼバスティアンから離れたところに腰をおろす）

ところが、ある日、わかったのです。なにかを手にいれようという期待は、自分自身に禁じて、そのかわり、他人《ひと》の幸せのために奉仕することによって、より高く、より純粋に人生の充実を発見できる人間が存在することが。

パウラ　ええ、でももしも、先生がいま急に百万長者になったとすれば？
クラーラ　そのときはね、パウラさん、あたくしの財産は、他人《ひと》を助けるために、あたくしにさずけられた貸し出し用のお金であると考えるわけです。
パウラ　先生はほんとうに理想主義者ね、そうじゃない？
クラーラ　とんでもない。たぶんあたくしは、あなたより冷静に現実を見ているのです。善良なあなたよりも。
（遠くで、妙な物音が、そして陶器の割れる音が聞こえる）
アンナ　なにかあったんだ！
クラーラ　見に行ったほうがいいのではないでしょうか？
エーゴン　いや。おそらく年寄りの召使いが食器を割ったんでしょう。心配するようなことはありませんよ。
パウラ　じゃ、あたしね、あたしの場合はまるでちがうわ。あたしが急に百万マルクもらったら――ねえ、どうすると思う！　まず最初はね、あたしが二年まえから皿洗いをしてたとこの主人とコック長の横っ面《つら》を、ヨレヨレのふきんでひっぱたいてやる。右、左、それからもう一回。意地悪された分だけお返しするの。それから飛行機でパリへ飛んで、目がとびでるほど高い服をすくなくても百着は買うの。それから海辺の別荘がほしいな。そこで一日じゅう、大きな背もたれのない低いソファ《オットマン》のうえに横になって、グラビア雑誌をながめるのよ。それから、そうだ、あたしもメイドを雇うわ。ほかのどこで働くより、あたしが主人のほうが、メイドは絶対に幸せよ。なんてったってね、使用人がなにを必要としているのか、あたしにはちゃんとわかってるんだから。そう思うでしょ。

クラーラ　百万マルクで足りればいいけれど、って願うしかないわ。

パウラ　大丈夫よ。ところで奥さん、奥さんは、急に山のような大金をもらったら、どうなさいますか？

アンナ　あたし？　あたしはそんなこと考えないね、お嬢さん。

パウラ　なぜですか？　奥さんも相続人としてここにいらっしゃってる、そうじゃない？

アンナ　そうは思わないね。きっとすぐにはっきりするだろうけど、あたしはなにかの間違いで呼ばれたにすぎないのさ。

エーゴン　ほほう、どうしてそんなふうに思われるんです？

エルスベト　故人のこと、まるでご存知なかったのかしら？
エーゴン　（小声で）エルスベト！
クラーラ　なぜ、そんな奇妙な想像をなさるんですか？
パウラ　でも、もし、そうだとしても、故人はだれかには遺産を残せるわけでしょう、そうじゃない？
エーゴン　ほとんど考えられないことだ。

第九場

第八場の人物。マルクス・シュヴェーラー将軍。そのうしろにアントーン・ブルト。シュヴェーラーはハンカチを額にあてている。

シュヴェーラー　諸君、お待たせしたなら、お許し願いたい。
エルスベト　まあ神さま、血がでてますわ！　さあ、私のオー・デ・コロンです——消毒なさって。

シュヴェーラー　これはご親切に、奥さま、かたじけない。
エルスベト　いったいどうなさいましたの、将軍？
シュヴェーラー　考えてもみてください、諸君——鳥のやつらめ！　とんでもない話だ、まったく。突然、鳥の一団がわがはいめがけて飛びかかってきて、顔をつつくんです。どう思いますか？
パウラ　あたしもまえに、鳥にやられたわ！　新しい帽子のうえによ！
シュヴェーラー　まあ、とにかくやつらを勝手に飛びまわらせてはいけませんな。
パウラ　制服が嫌いな動物って、いるのよ。あたしが働いてた家では、犬を飼っていて、その犬ったら、いつも郵便配達にかみついていたわ——そう、毎回よ、ほんと！　その人、すっかり神経質になっちゃって。
シュヴェーラー　ほほう、郵便配達ね。愉快だな！
（笑う）
パウラ　ええまあ。郵便配達と将軍に違いがあるってこと、動物はどうやってわかるの？
クラーラ　おそらくあなたにも違いがわからないんでしょう、お利口さん。

シュヴェーラー　まあ、いいじゃないですか！　ユーモアなんですから。

パウラ　どうして？　あたしが、なにを言った？　軍人が好きじゃないって言ったのは、先生でしょ。あたしじゃないわ。そうじゃない？

クラーラ　原則としての話ですよ、あなた。個人的にじゃなくて。それもまたひとつの違いですからね。

パウラ　でも言ったわ。

シュヴェーラー　ところでその点にかんして、わがはいも完全におなじ意見です、先生。わがはいは、できることなら制服なぞ、いの一番に脱ぎすてたい人間でして。だが目下の状勢がそれを許さない。悲しいことです、が、なくてはならんものは、まさになくてはならない。そして、だれかがしなくちゃならんわけだ。

エルスベト　それは私たちもいつも言ってることよね、エーゴン？

エーゴン　まったく。

アントーン　皆さま——ようこそ当家においでくださいました。亡き主人にかわりまして、心からご挨拶申しあげさせていただきます。

シュヴェーラー　ところで、いったい公証人はどこにいるのかね？　つまりわがはいにはほとんど時間がないのだが、おわかりかな？
アントーン　わかります、旦那さま。
エルスベト　もっと相続人が来ることになっているのですか？
アントーン　はい、奥さま。
エーゴン　一件落着まで長くかかるのだろうか？
アントーン　そうならぬよう祈っております、旦那さま。
クラーラ　あの、ひとつ聞きたいことがあるの、えっと、あのう……
アントーン　ブルト。アントーン・ブルトでございます。
クラーラ　ブルトさん、あなたは故人のことをよくご存知だったでしょう──つまり、
　その晩年を。あたくし、ずいぶん長くお目にかかっていないのです。
アントーン　手前は、こう申しあげてよろしければ、故人の友人でございました。
エーゴン　おお、それならひとつ私にも教えてもらいたい……
　（みんながおたがいに顔を見あわせて、ためらう）
アントーン　皆さま、どうか手前をひもといてください！　一巻の書物である手前は
　──なるほど──すこしばかりほこりにまみれ、ページは黄ばみ破れかかってはお

りますが、用心してページを繰っていただければ、お知りになりたいことはすべて、お知りになれます。お確かめください。一ページといえども欠けておらず、一行たりとも色あせておらず、判読不能でもございません。手前はすべてをうやうやしく保管しております。

クラーラ　つまりあなたは、あたくしの理解が正しいなら、いわば歩く年代記なのですね？

アントーン　そして、皆さま方に心よりお仕えする召使いでございます。

エルスベト　いったい私たちのヨハネスは、亡くなったとき、何歳でしたの？

アントーン　九十二歳と三か月と十一日と六時間。

（間《ま》）

パウラ　なにが原因で死んだの？　重い病気だったの？　そうじゃない？

アントーン　原因はございません、奥さま。病気ではございません。ご自分の意思でございました。

エーゴン　死のう、という？

アントーン　機が熟したことは、つねになさるお方でした、はい、旦那さま。

エーゴン　じつに彼らしい！　子どものときからそうだった。従容《しょうよう》と身を横たえ、死んだのだ！
シュヴェーラー　親戚はあったのかな？　もちろん、ここにいる者のほかにだが。
アントーン　とてもたくさんの方がご親戚でございました、旦那さま。主人は、ご自分が万人と親戚であると考えておられました。
クラーラ　あたくし、故人のそういう点がいつも好きでした。
シュヴェーラー　わがはいが尋ねたのは、血のつながった親戚のことなのだが。
アントーン　完全に血のつながった親戚でございます、旦那さま。
エーゴン　「ヨハネス・アレクサンドリアというのは、じつはペン・ネームでね」と故人が言ったことがあるが？　ほんとうはどういう名前だったんですか？
アントーン　フィラデルフィアです、旦那さま、ヨハネス・フィラデルフィアでございます。
（長い間《ま》。もうだれも質問しようとはしない）
シュヴェーラー　諸君、反対がなければ、ひとつ提案がある。われらが年代記をひとまず閉じて、年代記殿に公証人を呼んできてもらおうではないか。われらが思い出は、あとで好きなだけたっぷりと、ひもとくことができる。

アントーン　かしこまりました、旦那さま。

（ためらう）

シュヴェーラー　さあグズグズせずに行きたまえ！

アントーン　承知いたしました。

（退場）

第十場

第九場の人物。アントーン・ブルトはいない。アレクサンドラが拍手喝采しながら階段をおりてくる。稲光り。鳥の鳴き声はやんでいる。

アレクサンドラ　ブラボー！　ブラボー！　お見事、皆さん！

（だれも立ちあがらない）

どうぞ、気がねなくすわったままで、殿方！

私も仲間にいれてくださる？

（腰をおろす）

エーゴン　私、仮面舞踏会って好きなの。仮面を通すと人間の正体がよくわかるでしょう。

エルスベト　会場をまちがえられたのでは、ありませんか。

シュヴェーラー　変ね。この家にはなんという人たちが招かれるのかしら。

「……街道や垣根のあたりに出ていって、私の家がいっぱいになるように、そこにいる人びとを無理にでも連れてきなさい」

（笑う）

アレクサンドラ　聖書の一節ね、将軍？　じゃ、もしかして、こういう箇所もご存知かしら。「動物の死体のあるところには、禿鷹があつまる」

（気まずい静けさ）

クラーラ　いったい公証人はどこなの？

アレクサンドラ　私、うちとけたこの場の雰囲気をぶちこわしたりはしなかったでしょうね？

エーゴン　私たちは、あなたに挑発的な口のきき方をされるようなこと、だれもやっておりませんぞ。

アレクサンドラ　あら、失礼——あなたがたの耳がよくないことを、知りませんでした。耳がよければ、ずうっと前からこの奇妙な物音に気がついてたはずだから。あなたがたがここに来られてから、ずっと続いているのよ。

エルスベト　まあたいへん、どんな物音なんでしょう？

アレクサンドラ　ほんの一瞬息をとめて耳をすませば、いまでも聞こえるはずよ。まるで、どこか秘密の場所で、ずっと前から長いナイフを何本も何本も研いでいるような感じがする。

パウラ　ところがあたしには、なんにも聞こえない。

（間《ま》）

ニーニヴェ　馬は見つかりましたか？

アレクサンドラ　いいえ、お嬢さん。

エーゴン　馬？　あっ、それじゃ、そうか、いまようやくわかった……

（アレクサンドラに小声で）うちの娘があなたにお目にかかったことを話していました。どうも失礼、知らなかったもので……

アレクサンドラ　お嬢さんとお喋りをした、ただそれだけなのよ。
エーゴン　まさにそうだ。――だから、仮面が好きだとおっしゃったんだ！
アレクサンドラ　そう言いました？
エーゴン　つまり、うちの娘があなたのことを男と思ったから、と考えていらっしゃるわけだ。
アレクサンドラ　独創的なお子さんね。
エーゴン　娘はすっかり話してくれました。ただ名前だけは忘れてしまったとか。
アレクサンドラ　山百合《ベルクリーリエ》。
エーゴン　山百合《ベルクリーリエ》？
（イライラして立ちあがり、決心のつかないまま離れていく）

第十一場

第十場の人物。アルミーニウス博士とアントーン・ブルトが登場。

アルミーニウス　紳士淑女の皆さま、敬愛する故人にかわりまして、ご挨拶申しあげます。私ことレーオ・アルミーニウス博士は、公証人として故人の遺志の執行を委任されております。お見うけしたところ、すでに相続人全員がお集まりのようなので、以下、堅苦しい挨拶は抜きにして、迅速に私の任務をはたすことが最善と考えます。

シュヴェーラー　大歓迎ですな。

アルミーニウス　どうかこのテーブルにおつきいただきたい。

（全員、腰をおろす）

被相続人の指示にしたがい、まず相続人のひとりひとりに、封をした封筒を手渡します。では始めます。「エーゴン・S・ゲーリュオン社長殿」

エーゴン　ありがとうございます。

アルミーニウス　「クラーラ・ドゥンケルシュテルン殿」

クラーラ　あたくしです。ありがとう。

アルミーニウス　「パウラ・オルム殿」

パウラ　え？――ここです、どうも。

アルミーニウス　「エルスベト・ゲーリュオン殿」
エーゴン　こちらです――私の妻です。
エルスベト　ありがとう、博士。
アルミーニウス　「マルクス・シュヴェーラー将軍殿」
シュヴェーラー　ここだ。ありがとう。
アルミーニウス　「アンナ・フェンリス殿」
アンナ　あたしよ！
アルミーニウス　「アレクサンドラ・フォン・クサナドゥ男爵夫人」
アレクサンドラ　こちらへください。ありがとう。
アルミーニウス　「ニーニヴェ・ゲーリュオン殿」
エーゴン　そこです、私の娘だ！
ニーニヴェ　ありがとう。
ゼバスティアン　(なかば立ちあがり、うろたえて)待って――彼の娘？
アルミーニウス　なにか不都合でも？
ニーニヴェ　いいえ。

アルミーニウス　「ゼバスティアン・ノートハフト殿」
ゼバスティアン　ええっ？　――ありがとう。
（ニーニヴェをじっと見つめている）
アルミーニウス　「ヤーコプ・ネーベル殿」――ヤーコプ・ネーベルさん、どうぞ！
いらっしゃらないのですか？
（相続人たちは自分の封筒を開き、ひき裂かれた紙片を取りだしている――それぞれの封筒から一枚ずつ）
シュヴェーラー　教えていただきたい、公証人君。ここで宝くじでもやるんですか？
エルスベト　これどういうこと、エーゴン？
エーゴン　待つんだ、エリー。用心して！
パウラ　あたしのには、なにか書いてあるわ。フェンリスさん、あなたのにも？
アンナ　わからないよ。
パウラ　こちらに見せて！
アンナ　いやだよ！
パウラ　取ったりなんかしないから。

クラーラ　見せてくださいな、オルムさん！　とっても奇妙ね。「黄金の錠――みずからとともに――だろう――さて、そちらへ――共同――おまえたちの新しい」。どういう意味なんでしょう？

アルミーニウス　皆さんには、ぜひともお願いしておかなければなりません。その紙片がどういうものであるのか、お聞きになるまでは、どうかひとつ慎重にふるまっていただきたい。相続人が全員そろうことが絶対の必要条件《コンディチオ・シネ・クワ・ノン》でありますから、ヤーコプ・ネーベル氏がいらっしゃらないかぎり、残念ながら先へ進行するわけにはまいりません。

第十二場

第十一場の人物。ヤーコプ・ネーベルが登場。すすでまっ黒で、泥だらけ。威厳にみちたお辞儀をする。

ヤーコプ　本件にかんする氏名がただいま言及されるのを聞くにおよび、あっしは、あっしの十八番である謙虚さを目一杯発揮しまして、この場にいらっしゃる皆さんの輪のなかへはいるのに、不意討ちはよそうと考えたしだい。皆さんにお目通りがかない、たっぷりと喜ばしいことで。

アルミーニウス　ヤーコプ・ネーベルさん?

ヤーコプ　そいつが、ケチなあっしの名前でして。仲間うちじゃ、ネーベルヤーコプとも呼ばれております。

アルミーニウス　お待ちしておりました、ネーベルさん。

ヤーコプ　不本意なんです、はばかりながら、まったくの不本意なんですよ。ほかの皆さんとそろってあっしも列車でやって来たんですがね、あっしは、おふくろの股のあいだにいたときから倹約するようしつけられたため、旅はいつも貨車でする癖になっていて、残念ながらちょうどいい時間に席を立つってことができなくってね。沼を横切りながら二度もばっちり帽子のつばのところまで沈んじまったんだが、ここにいらっしゃる皆さんがこのケチなあっしのことを心配なさってるかもしれねえって考えた。で、あっしは力をふりしぼって、水面下での徒歩行進をつづけたわけで。どうかこの点をかんがみまして、あっしの外見《そとみ》の印象をお許しいただけますよう。

シュヴェーラー　いまのいままで、こういう生粋のやくざ者ってのが欠けていた。

ヤーコプ　（気分を害して）じつに痛みいりますな。お手前は、あっしの心を傷つけるおつもりだ！――あっしは運命と戦って何度か平手打ちをくらったものです。そして必要とあらば、もう一方のほっぺたもそっくり差しだしてまいりやした。ところが人間としての品位ってものを故意にけがされたとなれば、ネーベルヤーコプは沈黙で答えましょう。わきへ退いて、待ちましょう。正式に泥をぬぐってもらって不名誉が晴れるまではね。あっしは名誉ってものを心得ているわけでして、では失礼！

（出ていこうとする）

アルミーニウス　待った！　後生だから、どうかそのまま！　ぜひともあなたが必要なんです。

ヤーコプ　じゃあ、こちらの紳士にちゃんと謝っていただきたいもので。

シュヴェーラー　すまん、君――君の気分をそこなうつもりなど、なかった。ところで、なんというブタ箱から出てきたのか、正直に教えていただけんかな？

ヤーコプ　聖ラウレンティウス刑務所。その筋のものでは、とびきり上等の刑務所《ムショ》でよ。第一級の罪人しか入れねえ。ちなみにあっしは直腸のようにまっすぐに釈放されたんですぜ。三年たってからね。模範囚だったもので、残りの八か月は減刑されたわけ。

アルミーニウス　ネーベルさん、これはあなたのです。

（封筒を渡す）

ヤーコプ　はばかりながら、たっぷりとかたじけない！

アルミーニウス　そちらにおかけいただきたい！——紳士淑女の皆さま、これから私は、敬愛する故人が皆さんに遺された伝言を、読みあげます。

「相続人たちよ！　おまえたちはみんな、おまえたちがおたがいに知りあっている以上に、私のことを知らない。すなわち、まったく知らないのだ。

（相続人たちがとまどう）

だがしかし、おまえたちのなかに、ふさわしい理由もないまま選ばれた者は、ひとりもいない。おまえたちにとって理由は意味がない。だから理由は詮索するな。私が知っているのだから、それで十分だろう。——さて子どもたちよ、よく聞くがよい。言っておかねばならぬことがある。おまえたちが私の言うことを理解し、私のことを憤慨しないよう、私は切望しているのである。おまえたちはみんな、私の遺言が読みあげられるのを待っている。はたして読みあげられるのかどうか、またいつ読みあげられるのか、それを決めるのは、ほかならぬおまえたち自身である。というのも、私の遺志は、すでにおまえたちの手に委ねられているからである。おまえたちは、おのおの遺言の一部分をもっている。おまえたちは、ただそれを正しく並べ合わせるだけでよい。それを完成させたときに、それぞれになにが与えられるのか、読みとれるだろう。だが忘れてはならない。どの部分もおなじように重要であり、たったひとりでも自分の部分の提示を拒むなら、全体は理解できないままなのである。——これはゲームである。うまくやれば、報酬は大きいだろう。だが、私が懸念するように、まずくすれば、罰もまた大きいだろう。どちらに転ぼうと、それはおまえたち自身の責任である。というのもおまえたちは、自分の運命をそれぞれおたがいに委ねあっているからである。だから、さあ子どもたちよ、賢明であれ。そして、なにをなすか、よく考えよ。ヨハネス・フィラデルフィア」

（外では稲妻と雷鳴。長い間《ま》。相続人たちは心配そうに顔を見あわせる。何人かが自分の紙

切れを封筒にもどす)

パウラ　それじゃあ——あたしたち、いったいなにグズグズしてるの？　さっさと並べ合わせましょうよ。

(だれひとり答えない)

それとも、いやなの？

エーゴン　公証人さん——ほんのしばらく考えさせていただきたい。

アルミーニウス　その点について、もはや私の出る幕はありません。これからは、皆さん、すべては皆さんがお決めになることです。

(稲妻と雷鳴)

幕

第二幕

おなじ広間、ただし夜更け。長テーブルには銀の燭台がいくつか置かれ、ろうそくが燃えて、しずくをひげのように長く垂らしている。食卓のいちばん端には高価な食器が一人分ならべられている。

第一場

アレクサンドラ・フォン・クサナドゥがひとりで食事《ディナー》をとっている。いまは、緑色の、すり切れた絹のエリザベス朝風《ふう》ローブを着ている。給仕服《リヴレー》のアントーンが給仕している。幕があがると、ふたりはじっと動かず、耳をそばだてている。一定のリズムで長くひきずるような喘《あえ》ぎが、家じゅうに聞こえる。

アレクサンドラ　まだ雨が降ってるの？

アントーン　いいえ、マダム。しばらくまえに、もうやみました。月のきれいな夜でございます。――葡萄酒はいかがですか？
アレクサンドラ　少しだけ。――あら、極上ね！
（ふたたび家の喘《あえ》ぎ）
この館《やかた》には幽霊がうろついてるの？
アントーン　まもなく相続人の皆さまこそ、ここをうろうろなさるのではないか、と案じております。マダム。
アレクサンドラ　皆さんいったいどこにいるの？
アントーン　ご自分のお部屋で食事をなさいました――別々に。
アレクサンドラ　ほらご覧なさい、私たちもうそんなところまで行ったの？　早かったわねえ。この衣裳、似あってるかしら？
アントーン　たとえようもございません、マダム。
アレクサンドラ　私の部屋の、壁布の隠し戸のなかで見つけたの。がまんできなくて、つい手がでてしまいました。
アントーン　マダムは勇敢なお方です。――そのローブを最初にお召しになった方は、気が狂われました。二番目にお召しになった方は、愛人の手で毒を盛られました。

三番目の方は、ご自分の手で亡くなられました……

アレクサンドラ　教えて、あなた、どこでこれほど見事な腕前に？

アントーン　なんの腕前でございます、マダム？

アレクサンドラ　おや、いろいろ腕前に自信があるのね？　料理の腕前のことを言ったのよ。

アントーン　亡き主人から習いました、マダム。ところで、はっきり申しあげますと、この料理、お体によろしくないようで。禁を犯してご自分で調達なさったものを、たいらげておられますね。

アレクサンドラ　この鳥、すばらしいわ、あなた！

アントーン　お申しつけどおりにいたしました、マダム。しかしながら正直なところ、マダムがどうしてもこの鳥を、松露《ショウロ》いりポートワイン・ソースひたしアルカンタラ風で召しあがる、なぞとおっしゃらなければよかったのですが！

アレクサンドラ　ソース入れくださいな！　ありがとう。髪の毛が蛇で、うっとりするようなこの小さなメドゥーサが見える？　あなた、このメドゥーサが、たった一匹の毒蛇にかまれるのを怖がっていると思う？　こんな髪型を意のままにできるメドゥーサが？

アントーン　もちろん思いませんが、マダム。

アレクサンドラ　じゃ、胸肉のところをもう少しくださいな。

アントーン　個人的な感想を申しあげてよろしければ、マダムは亡き主人とどこか似てらっしゃいます。

アレクサンドラ　彼のこと、話して聞かせて！

アントーン　ああ、マダム、それより好ましいことはございません！　主人の存命中には、この家がうっとりして漂っていた日がございました。水上の館《やかた》のように、ほかでもない自分自身の鏡像のうえに建っているのです。扉が長い行列となって縦横にひろがっているさまは、日が射しこむ幾本もの並木道のようでございました。それからまた、部屋が縮んだ日もございました。歪んで恐ろしい姿になるのです。ですがそういうことは、めったにございませんでした。ただ、完璧を期するために、お話し申しあげただけでございます。

アレクサンドラ　故人のことを話して聞かせていただけないかしら、あなた？

アントーン　はい、マダム、そういたしております。

アレクサンドラ　わかったわ。

アントーン　主人のことは、その姿、その形を——見きわめるのが、ときおり、ひと苦労でございました。姿は七変化、八変化し、ときには、なんと動物になったり、それどころか物体にすらなったようです。誓って申しあげますが、マダム、手前どもにとって方角は一つしかございませんが、主人は同時に四方すべてにむかって歩けたのでございます……

アレクサンドラ　どうして話をやめるの？

アントーン　たったいまお話し申しあげたとき、なにか影でもつかんでいるような感じが手前にはございませんでしたか？

アレクサンドラ　めまいでもするの？　おかけなさい。

アントーン　もったいない、マダム、手前がすわるなぞ。しかし……

アレクサンドラ　もういいわ、アントーン。なにがそんなに怖いのか、言ってごらんなさい。

アントーン　マダム——手前の記憶の年代記でございますが……そのなかに突然、手前の読めない行《ぎょう》が見つかりました……意味のない符号です、解読不能、解釈できません、見知らぬ……マダム、手前にお尋ねください！　急いで尋ねてください。できるだけたくさん尋ねてください。救えるものは、救ってください！

アレクサンドラ　残念だけど、あとにするしかないわ。だれかやって来たもの。

第二場

第一場の人物。ナイトガウン姿のアルミーニウス博士。

アルミーニウス　おお失礼、お邪魔かな。

アレクサンドラ　とんでもない、公証人さん。ごいっしょにいかが。とってもすばらしいのよ、この鳥、召しあがってみて。

アルミーニウス　結構です。食欲がありませんので。

アレクサンドラ　では、葡萄酒を一杯いかが？

アルミーニウス　結構です。アルコールはたしなみませんので。

アレクサンドラ　じゃ、おかけになったら、せめて。そばに立っていられると、落ち着かないわ。

アルミーニウス　私はブルトさんにお聞きしたかっただけなんです。この家には薬棚のようなものがありますか。腹が立って胃の壁が焼け、文字通り穴があきましてな。

アレクサンドラ　法律家にしては異常に神経質なんですね、博士。私たちの一件はそんなに悪質なの？

アルミーニウス　情けないほどです、男爵夫人。

アレクサンドラ　皆さんなにがほしいのか、私にはわからない。結局最後には、自分の分《ぶん》を差しだす以外、手はないわけでしょう。もしも遺産にありつきたいのなら。

アルミーニウス　ひとつお忘れですね。参加しないことで、この件を全面的にボイコットする力は、全員にあるのです。

アレクサンドラ　でもそんなことしたって、だれも得しないでしょう。

アルミーニウス　そう思いますか？　――私としては、恐喝の意図をもった関係者などひとりもいない、と考えたい。だが、いずれにしても猜疑心という虫が、すでには いだしているのです。

アレクサンドラ　交渉はどんなふうに終わったの？

アルミーニウス　(苦笑する)そんなことをお尋ねになるとは、結構なことで。たちまち我慢できなくなったのは、あなたなんですよ。

アレクサンドラ　何時間もつづくお喋りに耳をかたむける気なんて、なかったのよ。

アルミーニウス　え、さてまず最初に、ゲーリュオン社長が理解できないほど強情に主張したわけです。つまり、いかなる詐欺にたいしても安全策を講じるべきであると。それにたいしてヤーコプ・ネーベル氏が抗議して席をけった。それから、しばらくのあいだ、残った全員が、それぞれ自分の善意は請け合うと……

アレクサンドラ　そういうことならすっかり知ってるわ、あなた。どんなふうに交渉がおしまいになったのか、そこが知りたいのよ。

アルミーニウス　奥方が出ていかれてから、しばらくは、あれこれ言い争いがありました。ゲーリュオン社長はこの件を失敗に終わらせることにご執心だ、などという憶測も出ました。とにかく、疑いをかけられた社長は交渉を打ち切り、夫人と娘をともなって、あなたと同様、部屋を去る。それから会談は、おたがい責任のなすりあいのうちにお開きとなりました。

アレクサンドラ　これからどうなさるの、公証人さん?

アルミーニウス　私が？　この件がこれから先どうなるか、私にはまったくどうでもいいことです、奥方。

アレクサンドラ　ほんとうに？　じゃ、どうしてあなたの胃が痛むのか、理解できないわ。

（エーゴン・S・ゲーリュオンが舞台を横切り、「こんばんは」と挨拶してから、ふたたび見えなくなる）

アルミーニウス　私には黙秘の義務がある。

アレクサンドラ　（急に）遺言の内容、知ってるんでしょう。――そうじゃなくて？　そしてあなたは、自分の義務というものを、もちろんとてもまじめに考えている。

アルミーニウス　これから申しあげることを、奥方、ともかく信じてください。もしもかりに法と義務というものがなければ、地球はとっくの昔に人間の住めない惑星になっているでしょう。このふたつ、すなわち法と義務は、片方だけでも意味があるのか、それとも片方だけでは意味が減じられるのか。それはまったく二次的な問題です。そういうことを勝手に裁量する権利は、だれにもない。義務とは北極星であり、その北極星のまわりをわれわれの宇宙が回転しているわけです！

アレクサンドラ　あなたの北極星をゆさぶるつもりは、ないわ。葡萄酒をもう一杯ちょうだい、アントーン。そしてあなたの主人の話をつづけてちょうだい。亡くなったとき、あなた、そばにいたの？

アントーン　はい。手前と――それに、あの方々。

（ふたたび喘《あえ》ぎ。と同時に鳥たちが奇妙な金切り声をあげる。その鳴き声が何回もこだまする）

アルミーニウス　それについては、あなた、なにも言わなかった。どんな人たちでしたか？

アントーン　訪問者でした。

（シュヴェーラー将軍がギャラリーを横切るのが見える）

アルミーニウス　よく来ていましたか？

アントーン　「来た」のではなく、「行った」のでございます、主人といっしょに。訪問者たちの顔は、黄金と鉄でできているようでございました。銀青色の鎧《よろい》を着けている者がいるかと思えば、赤い葉っぱでできた大きなマントに身をつつんでいる者もいる。ある訪問者などは、水でできた装束を着けており、水が体をつたって流れ落ちていたのですが、床には濡れた跡がまるでない。多くの訪問者の頭からは、白い煙が重たい髪のように出て、後ろにたなびいておりました……瀕死の主人は訪問者たちと友人のように語りあい、ひとりずつ名前を呼んでいました。アスラエル、ウルマニシュ、ザマーン……

アルミーニウス　で、あとでなくなったものはありませんか？　銀とか、金時計《きん》とか？

アレクサンドラ　そんなことといいから！　先を話してちょうだい、アントーン！

アントーン　それから訪問者たちは主人を沼まで運びだしました。そのあと訪問者たちは、ずっと踊りながら歩いていきました。最後に訪問者たちは主人を十一本の柳の木のところに埋めたのです。沼が底なしになっている場所です。いまではそこに十二本目の柳の木が生えております。その柳の顔が、似ているのです。ヨハネス・フィラデルフィアの顔に。

アルミーニウス　そうですか。幸運にも、私のファイルには管区医の死亡証明書がありましてね。問題の男性は病院で死んでいる。怠慢にも、最期の日になってようやく運びこまれた病院で、です。そして、すぐ近くの共同墓地に埋葬された。

アレクサンドラ　アントーン、公証人さんといっしょに行って、お望みの薬を差しあげたほうがいいんじゃないかしら。

アルミーニウス　残念です、もしも私が……

アレクサンドラ　おやすみなさい。

（アルミーニウスはお辞儀をして、アントーンといっしょに退場。アレクサンドラはひとりで残る。彼女は耳をそばだてる。突然、鳥たちが、遠く近く、何回か不気味な鳴き声をあげる。それからバタバタと翼をうごかす。そして静寂。シュヴェーラー将軍が登場。額には絆創膏がはってある）

第三場

アレクサンドラ。マルクス・シュヴェーラーは後景に立ったまま。

アレクサンドラ　（彼のほうを見ないで）さて、将軍？　どうやって話の糸口をつけようか、思案してるのね？

シュヴェーラー　じつはそのとおり、男爵夫人。わがはい、お詫びにまいりました。最初にお目にかかったときの発言を、どうか悪くとらんでいただきたい。

（腰をおろす）

相手が淑女で、おまけに貴族だなぞとは、ほんとうに思いもよらなかったもので。

アレクサンドラ　落ち着いてすわったら、いかが。

シュヴェーラー　ああ、これは！　いや、失礼。粗野な軍人は、良い行儀作法をいつも心がけているとはかぎらんもので。

（笑う）

アレクサンドラ　どこがおかしいのかしら？

（間《ま》）

シュヴェーラー　（口調をやわらげて）今宵は美しい夜ですな、え？

（クラーラ・ドゥンケルシュテルンが急いで舞台を横切る）

アレクサンドラ　ちょっと落ち着かないようだけど。

シュヴェーラー　（アレクサンドラの銃を指さしながら）みごとなものをおもちですな。拝見させていただけますかな？　武器にはちょっと心得がありまして。

アレクサンドラ　ほんとうに？　これは小銃。お怪我のないようにね、大将。

（小銃を渡す）

シュヴェーラー　ひとつ提案をしたいのだが。

アレクサンドラ　撃って、いえ、言ってごらんなさい。

シュヴェーラー　目下のところ、例の件はかなり混乱しておる。連中を好き勝手にさせておくと、何日も何週間も、ずっとこの調子だ。ああでもない、こうでもないという御喋りが永遠に続き、その結果といえば無に等しい。これは火を見るより明らかだ。だれもが口出しできるうちは、わがはい、理性の勝利なんぞ信じない。いずれにせよ、わがはいには、そんなものを待つ気もなければ、暇もない。

アレクサンドラ　それで、あなたの提案というのは？

シュヴェーラー　問題は、簡単至極。必要なのは強い手だ。その手が荷車をぬかるみから引っぱりだす。決定をくださねばならんとき、一人が命令し、他の連中が服従する場合にだけ、事は成就する。

アレクサンドラ　じゃ、命令する権力をその一人とやらにあたえるのは、だれ？

シュヴェーラー　それは自分で奪いとる。
アレクサンドラ　驚いた！　どのようにして奪うの？
シュヴェーラー　男爵夫人がそんなことをお尋ねになるとは、不可解ですな。悠然たる立居振舞、決然たる態度――要するに、支配者たる者に生来《せいらい》そなわっている徳によって、です。
アレクサンドラ　それは申し込みなのかしら、将軍？
シュヴェーラー　(イライラして)どうして？　あなたに？　お望みなら、もちろん共同戦線をはることはできるでしょう。どっちにしてもたしかにあなたのご職業も、ある種の意志の強さというものが要求されますからな。ことによると死を軽蔑することまでもが……血に飢えた獰猛な野獣を制圧することに慣れた者なら……
アレクサンドラ　もっとも、その「血に飢えた獰猛な野獣」にはひとつ資格があって、おかげで、この家に来ている皆さんとはずいぶん違っている。つまり、貴族《ノブレス》なのよ。――でもね、もっと深い理由から、私はあなたの大胆な計画を支持しない。
シュヴェーラー　それは、どんな？
アレクサンドラ　カッサンドラって名前を聞いて、なにか思いあたりますか？

シュヴェーラー　どうして？ ——ああ、もちろん。

アレクサンドラ

「おまえたちに禍いあれ。夕べの甘い光のなかで、
まだ息をしているおまえたちよ。朝焼けが彼に
東方から答えをあたえるまえに、夜のなかで、もっとも暗い
あるひとつの時が、なんと思いがけなくも
永遠という姿に変容して、
おまえたちのそのまったく馬鹿げた言い争いをやめさせるだろう……」

（後景でアンナ・フェンリスが手探りしながら通りすぎる。彼女は寝巻き姿）

シュヴェーラー　不思議なお方ですな、男爵夫人は。あなたのような方がサーカスにおられるとは、正直いって理解できない。

アレクサンドラ　そして私に理解できないのは、将軍、あなたがサーカスにいないこと。

シュヴェーラー　なんということを、おっしゃる！

アレクサンドラ　この進歩的な世界でサーカスだけが唯一の空間なのよ。木戸銭を払

うだけで、「死を軽蔑する」ってことが無邪気に見物できるんですからね、将軍。

シュヴェーラー　あなたが感傷的《センチメンタル》な人だとは知らなかった。

アレクサンドラ　どっちにしても、私がちょっとした難題を吹っかけるつもりだってことは、おわかりでしょう。あなたがどう処理するのか、興味があるわ。

シュヴェーラー　ほほう、たとえば。

（銃を彼女にむける）

アレクサンドラ　豪勢だこと！　英雄の記念碑だわ！　そして記念碑なら、引き金は引けない。

シュヴェーラー　馬鹿な大風呂敷はやめたまえ！　震えてますな。

アレクサンドラ　安全装置をはずすの、忘れてるわ。

シュヴェーラー　（怒りながら、はずす）傲慢な尼め！

アレクサンドラ　ほうら、とうとう無作法になった。どうやら、あなたのために割《さ》く時間は、なくなったみたい。

（立ちあがる）

さあ、銃を返しなさい！　あなたのものじゃないんだから。

シュヴェーラー　ムチがわりにこの銃、しばらく拝借することにしよう。気の毒だが。また難題がもちあがった場合には、連中に武器をつきつけ、無理やり一致団結してもらえるようにな。道理をわきまえさせるのに、もっとも確実な手段は、あいかわらず、不安というやつだ。
アレクサンドラ　(同情して首をふる)みんなに?
シュヴェーラー　さしあたりあんたへの要求は、いまの話について黙秘することだけだ。ちゃんと約束すれば、行ってもいい。
アレクサンドラ　あなたになにかをちゃんと約束するなんて、思いもよらない。
シュヴェーラー　警告する。わがはいを挑発するな!
アレクサンドラ　これから私の馬をさがしに行くわ。
シュヴェーラー　動くな!　動くと、撃ち殺すぞ。
アレクサンドラ　おやすみなさい。
(行く)
シュヴェーラー　三まで数える!　一……二……
アレクサンドラ　(扉のところで)三。——ほら、ね?

（退場）

シュヴェーラー　（ひとりで）悪魔のような女め、撃ってやる。だが、わがはいはまだ狂ってはおらんぞ！

（激怒しながら笑う）

あいつ、はったりの臭いがプンプンする。

（考えこみながら、彼女のワイングラスを飲みほす）

ともかくあいつのお喋りを封じねばならん。扉の厚い部屋が、離れたところにある。いずれにしてもこのゲーム、あんな小娼にぶちこわされてなるものか。

（ろうそくを吹き消し、アレクサンドラのあとを追う。何人もの声が重なった、夢のような音が、突然、聞こえ、夜のジャングルのようになる。と同時に、ふたたび家の喘《あえ》ぎがはじまる）

第四場

ニーニヴェ・ゲーリュオン、ゼバスティアン・ノートハフト。

ニーニヴェ　（急いで入ってくる。母親のサマーベールをまとっている）

ゼバスティアン　（彼女のあとを追って）ここはとても暗いな。

（マッチをする）

ニーニヴェ　だめ、明かりはつけないで。――暗いのが好きなの。

ゼバスティアン　でも、ぼく、探さなきゃならないものがあるんです。

（燭台に火をともし、それを手にもち、ニーニヴェのほうに歩いていき、彼女の顔を照らす）

ニーニヴェ　私の顔のなかに探し物があるわけ？　――ここに、なにか忘れ物したの？

ゼバスティアン　もしかしたら……真実を。　――あなたは、いろんなことを話してくれた。あなたのお父さんのこととか、そういうことを。でも、あとで公証人が現われると、急になにもかもちがってしまった。

ニーニヴェ　私の言ったこと、ほんとうに全部信じたの？　全部？

ゼバスティアン　（突然ほほえむ。途方にくれて、不幸そうに）ああ、そう。よくわかったよ。それじゃ――おやすみ。

（向きをかえて、行こうとする）

ニーニヴェ　いいわ――真実を話しましょう。あなたには話さないつもりだったけれど、あなたが望むのなら。そうよ、私、嘘ついてた。でもそれは、あなたのためを思えばこそなの。さあ行ってください――あなたには興味のないことなんですから！

ゼバスティアン　ちがう。興味はある。

ニーニヴェ　だって、わかってるのよ、もう、私の言うことなんか、なにひとつ信じないんでしょう。

ゼバスティアン　ぼくのためを思って、というのは――どうして？

ニーニヴェ　だれのこともあなたが信用しないように。私の言うことも、この家にいるほかの人が言うことも、そしてとくに、私のお父さんが言うことを、信用しないようにと思ったから。だれもがあなたに一杯食わせようとしているのよ。ヨハネス・フィラデルフィアの娘としてなら、守ってほしいと、あなたに頼めたわ。一瞬でもほかのだれかであることが、私には好都合だった。エーゴン・S・ゲーリュオンの娘なら、守ってもらう理由がない。私はね、ゼバスティアン、自分のいる場所で息ができるためには、どうしても嘘をつかなくてはならないの。でも、そんなことわからないでしょう。だから行ってしまって！　ひとりにして！　私のことなんかほうっておいて！　これから先もずっとあなたに嘘をつきつづけるでしょう。私の言うことなんか、信用しちゃ、だめ、絶対に。いま喋っているこの瞬間だって、私を信用しないで。

ゼバスティアン　どっちにしてもいまわかってるのは、だれかが君の心配をしなきゃならないってことだ。たとえば、このぼくが。

ニーニヴェ　そう、そうなの、あなたが！

（涙をこぼしそうになる）

こんなところにあなたが来なければよかったのに、と私、思ったわ。

ゼバスティアン　君になにか言わなきゃ……ぼくは……つまり、ぼくら二人は……つまり、あなたとぼくは……

（自分の頭をたたく）

どうしてこうなっちゃうのかなあ。大切なことを言わなきゃならなくなると、ぜんぜん話せなくなる。

ニーニヴェ　言わないでください。なにを言っても信じませんから。
ゼバスティアン　いや。ぼくの言うことは信じてもらわなきゃ……
ニーニヴェ　信じない、信じないわよ！
ゼバスティアン　つまり、こう……
(おごそかに、どもりながら)ぼっ……ぼっ……ぼくは、あなたが好きだ。
ニーニヴェ　(突然、哀願するように)ここから連れてって！　お願い！　いますぐに！　どこへでも、ついていくから！
ゼバスティアン　それはできない。——急にぼくらがいなくなったら、遺言状が開封できなくなるよ——ぼくらの分《ぶん》がないと。
ニーニヴェ　ほら、ミスター・ゼバスティアン・ノートハフトが本性をあらわした。あなたの言うことなんか、ひとことだって信じませんからね。あなたも自分の利益しか考えない人なのね——みんなとまるで同じだわ。
ゼバスティアン　でもそれは、ぼくのためだけじゃない！　ぼくらが欠けると、ほかの人たち、どうしようもなくなるんだよ。
ニーニヴェ　いくらでも演説なさいよ！　どっちにしても、たったいま、ようくわかりました。

ゼバスティアン　できれば、あなたに証明したいんだけど……

ニーニヴェ　証明なんて、できないわ。

ゼバスティアン　ぼくの言うことが本当で、ぼくがあなたを信頼している、ということの担保みたいなもの。ただ残念ながら、担保にできるほど値打ちのあるものをもってないんです。

ニーニヴェ　（あざけりながら）あなたの分《ぶん》をくださいな！　だったら、あなたの言うことと信じましょう。

ゼバスティアン　（自分の分《ぶん》をすぐ取りだす）

ほら！　さあ、どうぞ！

ニーニヴェ　（しばらく言葉もなく立ちつくし、それから圧倒されて口ごもる）

本気なの？……ほんとうにくれるわけ？

（畏敬の念をもって受けとる）

（家が、謎めいた色をおびて輝き、熱くなりはじめる。ナイチンゲールたちのコンサート）

ゼバスティアン　急にどうしたんだろう？

ニーニヴェ　(ささやきながら)家が私たちに返事してるのよ。

ゼバスティアン　ぼくらが原因で?!……ということは……ぼくら次第なんだ、この家のことは!

ニーニヴェ　(意地悪く)でも私は、私次第のものがあるっていうの、いやだな。私はひとりでいたい。私たちがすることは、私たちの問題。だれにも関係ないことよ。

(突然、気おくれして)そんな重荷があると、息ができない……

(家の輝きが、このときから、じつにゆっくりと消えていく。舞台裏でエルスベトの声が聞こえる。心配そうに「ニーニヴェ!」)

ニーニヴェ　さあ、あなたは行って、ゼバスティアン、急いで!

ゼバスティアン　君ひとりにはできないよ。

ニーニヴェ　私の言うこと聞くって約束したでしょう。さあ!……

ゼバスティアン　では、じゃ……

(ニーニヴェにキスをしようとするかのような動作をするが、ニーニヴェは後ずさりする)

また明日!

(ためらいながら行く。そのためエルスベトに姿を見られる)

第五場

ニーニヴェ、エルスベト。

エルスベト　（ばら色のネグリジェ姿で）ニーニヴェ！　なんてことなの、おまえ、ここでなにしてるの？

ニーニヴェ　散歩よ。

エルスベト　真夜中じゃない。

ニーニヴェ　眠る気がしないのよ！

エルスベト　あの若者とここでブラブラしてたんでしょう。見たんだから！　そのうえ私のサマーベールを着て！　すぐに脱ぎなさい！

ニーニヴェ　いやよ。（ベールをしっかり押さえる）

エルスベト　背中になにを隠してるの？

ニーニヴェ　なんにも。

エルスベト　こちらに寄こしなさい！　なんなのか見てあげる！

（封筒を取りあげ、それをもって明かりのところへ行く）

「ゼバスティアン・ノートハフト殿」！　あの若者の分《ぶん》じゃない！　――ニーニヴェ、あなた、どうやってこれを手にいれたの？

ニーニヴェ　かまわないで！　お願いだから、かまわないで！

エルスベト　すぐにベールを脱ぎなさい！

（ベールをニーニヴェから剝ぎとろうとする）

おお神さま――あなた裸じゃない！

（抑揚なしに）いま、全部わかったわ。

（椅子にすわりこむ）

そんなこと、してくれるべきじゃなかった、お父さんとお母さんにたいして。あなたのためには、いろんなことを犠牲にして、願いはなんでもかなえてあげた――それなのに、あなたは？

ニーニヴェ　（うなだれる）

エルスベト　説明してちょうだい。
ニーニヴェ　お母さんの思っていることは全部嘘だって、私が言うなら……
エルスベト　そういう科白《せりふ》をひとことでも信じてもらえる、と思っているの？
ニーニヴェ　いいえ。
エルスベト　じゃあ、さっさとほんとうのことを言いなさい。
ニーニヴェ　エルスベトさんは正しいわ。お母さんの言うとおりよ。
エルスベト　おお神さま——お父さんにはどう言えばいいのでしょう。
ニーニヴェ　じゃ、お父さんにはすぐに、謎の騎士をさがすのはもうやめなさい、と
も言ってちょうだい。騎士なんていないし、いたこともないのよ。
（エルスベトから封筒を取りあげる）
エルスベト　あなた、あなたって娘《こ》は、なんて災いをもたらしてくれたの！
ニーニヴェ　（突然ちょっとしゃくりあげ、そして走り去る）

第六場

エルスベト、エーゴン、アントーン・ブルト。

エーゴン　（アントーンと話しながら、入ってくる）
ブルトさん、あなたがまだ起きてらっしゃると、知っていたら……
アントーン　手前はけっして眠りません——ここ二十年以上は。
エーゴン　すごい！
アントーン　そうです、旦那さま、まったく一度たりとも。なにしろ手前は両方の国、つまり夢のこちら側とむこう側に同時に住んでおりますので、交換が不要なのでございます。
エルスベト　エーゴン！
エーゴン　エルスベト、ここでなにをしているのだ？
エルスベト　ニーニヴェがまた嘘をついてたのよ。警告の件は、あの娘《こ》の作り話にすぎなかったのよ。

エーゴン　(立ちつくして)……なのに私は、そいつを信じて、すっかり交渉の邪魔をしてしまった!
エルスベト　エーゴン、話さなければならないことが、ほかにもあるの。
エーゴン　あとにしてくれ、おまえ。まずなにか手を打たなくては。――お願いだ、エルスベト、イライラさせないでくれ。頭をはっきりさせなければ。さあ行って!
エルスベト　ええ、エーゴン――すぐに来てよ!

(退場)

エーゴン　(あちこち駆けまわる)計画変更だ、しかも大急ぎで!　どうやればこの件で、いちばんうまい汁が吸えるか?　――買い集めるんだ!　みんなの分《ぶん》を買い集めよう。もちろん適正価格で。じつに手堅い取引だぞ。――ぜひともみんなには売ってもらわなければ。ほかの解決策は、どんなのでもつぶせる。一方……保証金のようなものが必要だな。ねえ、ブルトさん、故人は財産について記録を残してますか?
アントーン　一風変わった帳面がございます、旦那さま、屋根裏の物置きに……
エーゴン　もってきてください!

アントーン　全部でございますか？
エーゴン　全部。
（アントーンが退場。――家がはげしく喘《あえ》ぐ）

第七場

エーゴン・S・ゲーリュオン、ヤーコプ・ネーベル。
後景で懐中電灯の円錐状の光があちこちに移動しているのが見える。エーゴンは壁龕《ニッチ》のなかに退き、じっとしている。ヤーコプが忍びこんできて、それから引き出しや箱をさぐる。

ヤーコプ　疑いもなく……権利が勝利をおさめるよう手助けすることは、道徳的活動である。たとえそれが、権利みずからの権利であるとしても。私《わたくし》としては、できることならむしろ、五本の指は五本ともまっすぐにしておきたい――が、私《わたくし》の道徳にたいして、私《わたくし》は無力なのである。

（貴重品のはいった小箱をながめ、ポケットから錠前をこじあける鉤形針金《ディートリヒ》を何本か取りだし、慎重にあれこれ試しはじめる）

哀れなヤーコプや、ことによるとおまえさん、ここにいる旦那衆はいかがわしい連中でおまえさんに一杯食わせようとしてるんじゃないか、と思ってるのかい？　おれは、そうは思わねえぜ。ヤーコプや、ことによるとおまえさん、文句なしに世間のはみだし者のおまえさんが本物の社長に太刀打ちできる、なんて考えてるのかい？　謙虚なおれに言わせりゃ、そんなことできっこねえぜ！　だがな、ほれ、ヤーコプや、おまえさんも相続人だ。そのくせ、ほかの連中がおまえさんにおまえさんご執心の幸福をわけてくれないのなら、そのときゃあ、自分の手で自分になにがしかを相続させるってえのが、おまえさんの義務ってもんだぜ。

（貴重品のはいった小箱をあける）

ほれ、ほれ、知恵の木の実は、刻印された黄金《きん》でできてらあ！

（いくつもの金《きん》時計を葡萄の房のようにすくいあげる）

これは、しかし噂になっちゃいけねえ。そうなりゃ、剣をふりかざした大天使たちに、たちまち囲まれて、またぞろ御用になっちまう！　ヤーコプやい、ふんどしからげて三十六計決めこむのが、一番だぜ。だったらおれは、お達者でと挨拶しまさあ。

（行く）

待て、ヤーコプ！

（立ちどまる）

そこに腰をおろせ！

（腰をおろす）

よく考えるんだ！

（考える）

カチカチ、カチカチ、カチカチ、カチカチ！　やれやれ案の定、こいつは、まったく能なしの計画だ！　かりにだ、この手の栄養たっぷりの果物がこの家にまだまだあるとすれば、そいつを摘まずに、いじけさせるってのは、悲しい話じゃないか。だったらむしろ、もうちょい骨折りするほうがいい。お客に親切なこの家におさらばするときにゃ、全身、カチカチと音をたてさせてもらうぜ。

（退場）

第八場

エーゴン・S・ゲーリュオン、アントーン・ブルト。

アントーン　(巨大な塔のように積み重ねた、大きな二つ折り判《フォリアント》の帳面をもって、ふらふらしながら入ってきて、喘《あえ》ぎながら帳面をおろす)これは、旦那さま、ほんのごく一部でございまして……

エーゴン　この家には、出口がいくつあるのかね?

アントーン　出口がいくつ?　お申しつけとあれば、すぐに数えに行ってまいりますが、旦那さま!

エーゴン　鍵、もってますか?

アントーン　全部の出入り口にたいして鍵は一つだけでございます。鍵の部屋にかかっております。

エーゴン　いますぐ出口に全部、鍵をかけなくてはならない!

アントーン　(膝を折って、手を組みあわせる)

そんなこと、おっしゃらないでください、旦那さま！　この家ができましてから、扉に鍵がかけられたことなぞ、一度もございません！

エーゴン　わからないんですか。相続人がひとりでも自分の分《ぶん》をもって立ち去ってしまえば、それで一巻の終わりなんだ！　しかるべき理由があるから、私は恐れているんです。

(どなって)言われたことを、やりたまえ！

アントーン　(立ちあがる)

かしこまりました、旦那さま。

(明かりを手にとる)

お先に失礼いたします。

(ふたりは退場。舞台は一瞬からっぽになる。ガチャンと音をたてて鏡が一枚割れる)

第九場

アンナ・フェンリス、パウラ・オルム。
最初、舞台はまたもやまっ暗である。斑点のようにいくつかの場所だけが、月光に照らされて移動しながら、明るくなっては暗くなる。家の喘《あえ》ぎが一瞬、脅迫的なまでに大きく聞こえるが、ふたたび消える。

アンナ　（寝巻き姿。白い姿で暗がりのなかを歩き、ひとりでブツブツつぶやいている）なにかがおかしい。――裏にはなにもない。――だれかがあたしを馬鹿にしようとしている。
パウラ　（寝巻きのうえにコートをはおっている）フェンリスさん、あなたですか？
アンナ　だれだい？
パウラ　あたしですよ、パウラです。
アンナ　なんであたしをスパイするのかね？
パウラ　あたしの部屋を通りすぎるのが見えたから、ひょっとして便所《はばかり》じゃないかしら、と思ったの。

アンナ　ほうっといて、パウラさんや。あたしはひとりでだって勝手がわかるのさ。
パウラ　待って、明かりをつけるわ。
（ろうそくに火をともす）
アンナ　あたしは明かりがいらないんだよ。——寒いね、ここ。
パウラ　あたしには、暖ったかいくらい。あたしのコート、いりません？
アンナ　いいかい、パウラさんや、あたしは自分で自分の面倒はみる、ちゃあんと自分で自分の面倒はみる。——ここには善人がいないね。
パウラ　あたしのコート、どうか着て。風邪ひいちゃうわ。
アンナ　いらないよ、パウラさん、あんたの厚意にすがろうなんて気はないんだ。そんな気はない。絶対に。
パウラ　それはわかってるわ、ちゃんと。
アンナ　そうかい、むろんあんたには、あたしの言ってることが理解できない。無邪気で、けがれを知らない天使だからね。あたしは目が見えない。けれども、みんなの心のなかはお見通しなんだ。まわりにいる人間の厚意をあてにしてみると、よくわかることなんだがね。あたしのものは一切合財、取られちまったよ。はじめは土地、それから家畜、それから家屋敷、すっかりね、盗まれちまったよ、尻《しり》のしたから。あたしは手も足もだせない人間だからね。ここにいる連中は、まったくよく似てるよ。親戚でもないのにさ。あんた、連中にはかないっこない。あんたには無理よ、パウラさんや！　ちゃんと事情がのみこめたときにはもう、あんたに権利のあるものは、すっかり奪われちまってるね。

パウラ　あたし、自分のものは取られたりなんかしないわ！　あたしだって泥沼から抜けだしてみせるわ、ほんとよ！　あたしにだってほかのみんなと同じように権利があるわけでしょ、そうじゃない？

アンナ　権利はあるさ、パウラさんや。でもね、そんなこと、だれも問題にしないよ。言っとくけど、結局あんたは、立派な旦那衆の長靴をみがかせてもらえれば、それでもうれしいってことになるんじゃないのかね。

パウラ　フェンリスさんたら、すっかりあたしを心配させてくれるんだから。

アンナ　そんなつもりはないんだよ、あんた。なにも言わなきゃ、よかったんだが……

パウラ　どういたしまして、フェンリスさん、もしかして、あたしを助けてくださらないかしら？

アンナ　そうさね、あんた、どうやって助けろというのかね？　お人好しのあんたが例の紙切れで馬鹿なことをしでかさないように、あたしは、あんたからそれを取りあげることだって、できないんだから。

パウラ　どうして？　どうか取ってちょうだい。そして、あたしに権利があるものを、全部あたしがもらえるよう、監視してちょうだい。どうか、奥さん、あたしを見捨てないで！

アンナ　だったら、ひとつ、ぜひとも聞いてもらいたい注文がある。このことは死んでもだれにも漏らすんじゃないよ。そんなことしたら、すぐに縁切りだからね。

パウラ　言われたことはなんでもします、ほんとに！

アンナ　じゃ、あたしに気兼ねなんかしないで、寄こしなさい！　気が重いんだけどね、ともかくあんた、いい娘《こ》だし、そんなに頼むんだもの。だからなんだよ。

（紙切れを受け取る）

パウラ　ありがとう、フェンリスさん！

アンナ　まだゾクゾクするわ。やっぱり、あんたのコート、よかったら貸してくれない？

パウラ　（コートを渡す）

（遠くで大きな扉が一枚パタンとしまり、その音が何回もこだまする）

アンナ　なんだろう？

パウラ　もしかすると、すきま風で扉がパタンってしまったのかも。

第十場

アンナ・フェンリス、パウラ・オルム、それにクラーラ・ドゥンケルシュテルン。

クラーラ　（急いで入ってくる。ひどく興奮して）やっと！　ここにいらしたのね、フェンリスさん。きわめて重大なご相談があるのです。皆さんの幸せと禍いにかかわる問題なんです！

アンナ　ああ、もちろん、片方だけでも大変なんだから。

パウラ　そんなこと、あたしたちには興味ないわ、先生。

クラーラ　あなたにも関係があるんですよ！

アンナ　なんだっていうんです、ディンケルシュテルン先生？

クラーラ　ドゥンケルシュテルン、でございます。単刀直入に用件を申しますと、あたくしたちの問題の解決策としてはこれしかないというアイデアを発見したんです。

アンナ　アイデア、へえー？　どんなアイデアなのかね？

クラーラ　では申しあげますが、公平ということです。

アンナ　結構なアイデアだ。

（ふたたび扉のパタンという音が別な方角から聞こえる）

クラーラ　（目を輝かせて）あたくしたちの状況はひとつの先例であると、あたくしは思うわけです。たんなる個人的な利害だけが問題なのではありません！　なぜ遺言状の開封が延期されたのでしょうか？　答えは、じつに簡単です。不利益をこうむることを、当然だれもが恐れているからです。だれもが心配なのです。自分の相続分が他の人の相続分より少ないのではないだろうか、と。また、だれもが知っているのです。開封後は、もうなにひとつ変更できないだろう、って。ですが、平等に参加することがだれにたいしても要求されているなら、請求権のほうもだれもが平等にもっているわけです。ですから開封するまえに、遺産の内容とはまったく無関係に、全遺産を十等分してしまっておく必要があります。そういう目的のためにあたくしたちは、信頼できる管財人を任命して、紙切れをすべてその人に手渡すのです。ることによって自分の請求権はひとまず放棄し、そのかわりに、公平な相続分は確実に手にはい全員が参加して、はじめてできる話ですが。でも、皆さん参加なさるでしょう。長い目で見れば、理性にはだれひとり逆らえませんからね！

（扉の音。今回はずっと離れたところで）

アンナ　それで話はおしまいかい？——つまり、あんたは、あたしたちの紙切れがほしいってわけだね？　だったら、いくら待ってもむだだよ、ディンケルシュテルン先生。

クラーラ　ドゥンケルシュテルンです！　どうやら誤解なさってるようね。あたくしの使命は、人びとを承服させることだと考えております。それには、人間というものをとてもよく知っていることと、とても大きな忍耐が必要です。ですがその両方を、あたくしは教師としての長い、ときにはしばしば苦い経験から、身につけました。信頼できる管財人につきましては、慎重に考慮したすえ、あたくしはあなたに白羽の矢を立てたのです、フェンリスさん。どんな疑いにたいしても超然としていられるのは、あなただけです。

アンナ　あんたの言うとおりだ。あたししかいない。

クラーラ　あなたが信頼にたる人物であるということの理由は、純粋に客観的なものです。あなたは、それぞれの分《ぶん》を預かっておくことはできますが、ご自分ひとりでは、それを並べ合わせて読むことはできないのですから！　つまりあなたは、ご自分に寄せられた信頼を悪用することは、まったくできないのですから！

（別の方角から扉の音）

アンナ　どうやらこの家は、ずうっと風が吹いてるらしい。

クラーラ　あたくしたちの基本声明に署名していただくだけで結構です。署名がすめば、あたくしのほうは、喜んですぐにもあたくしの分《ぶん》を、信頼できるあなたの手にお渡しいたします。

アンナ　パウラや――これは先生の紙切れかい？　よく見るんだよ！

パウラ　はい、フェンリスさん。

クラーラ　あたくし、声明の文章を読みあげます……
アンナ　あんたの誠実さを信用するよ。条文なんて、あたしにはわからないしさ。署名するよ。
（署名する）
クラーラ　さあ、こちらへお寄こし。これです。――で、パウラさん、あなたも仲間にはいられますか？
アンナ　もちろんそうするよね、パウラ。ほら、署名しな！
（パウラが署名しているあいだに）
こうなりゃ、もう心配ないよ、おまえ、おまえもほかのみんなと同じだけ、もらえるよ。うれしいかい？
パウラ　（幻滅して）もう、前からね。
クラーラ　で、あなたの分《ぶん》は、パウラさん？
アンナ　それなら、もう、あたしがもってるんだ。この娘《こ》はほんとうに気立てがよくってねえ。いいかい、だれにでも一杯食わされちまうのよ。だから、このあたしがこの娘《こ》のこと、気をつけてやってんだよ。この娘《こ》も自分の分《ぶん》がもらえるようにね。

第十一場

第十場の人物。アントーン・ブルトが登場。目には驚愕の色、髪の毛が山のように逆立っている。

アントーン　おさげしてよろしいでしょうか？

（テーブルの食器をかたづけはじめる。——ふたたび扉の音が何回もこだまして聞こえる。アントーンはすくみあがり、陶器を散らかしてしまう）

パウラ　気をつけなさいよ！　いい陶器なんだから！

アンナ　この家の扉は、いったいどうなってんのかね？　騒々しいんだよ！　これじゃ、だれだって眠れやしない。

アントーン　ゲーリュオン社長さまが、外に通じる出入り口の全部に、鍵をかけていらっしゃるのです。

クラーラ　とても賢明だわ。こんなに人里離れた場所だと、いろんなならず者がうろついているでしょうから。

アントーン　中に入られないように、ではございません、奥さま。外に出られないようにでございます。この小さな違いが、この宮殿を怒らせているのです！ 恐ろしい結果になるでしょう！

クラーラ　相続人の皆さんに、そのことを話してください、皆さんを怖がらせ、恐れさせてください！ あたくし応援しますから。

アンナ　（心配になって）え、こんな時に？

クラーラ　あたくしたちの件にとって、恐怖というものはどんな場合にも役立つのです。不安がつのれば、どんなに頑固な人だって目がさめるでしょう。問題は、どれだけもちこたえられるか、ということにすぎません。

アントーン　ああ、奥さま方、心よりお願い申しあげます！ 驚愕をひき起こすなぞということは犯罪でございます。まして、驚愕でもってなにかを企むのは、さらに大きな犯罪でございます！

クラーラ　（かん高く）お説教は結構です！ そんな調子で話さないで、よくって？ あたくしの動機は無私そのものなんです。皆さんが幸福を望まないなら、幸福を望むよう強制するしかないわけです。

アンナ　だからさ、あんた、ブルトさん、あたしたちの言うことをお聞き。これから「ゲームはじめ！」って宣言するんだから。つまり、あんたも旗幟《きし》を鮮明にするんだよ。さあ、「自分の色を明らかにせよ！」

（三人の女性は退場する。はるかかなたで扉の音）

第十二場

アントーン・ブルトひとり。
遠く離れたところで、アレクサンドラが嘆かわしげに「百合《リーリエ》」と長く引きのばして呼んでいるのが聞こえる。

アントーン　手前が——旗幟鮮明に？　自分の色を明らかにする？　虹の所有者であるこの私が？　青。黄。オレンジ。赤。紫。プリズムであるこの私が、自分の色を明らかにしなきゃならん？　私はすべての色を通し、すべての色を明らかにする。

私は色など知らないのだ。すべての色は色ではない。光だ。闇だ。

(ろうそくを消す。すると家全体が夢のように活気をおびる。喘《あえ》ぎがひどくなり、ミシミシ、メリメリと、ものがずれる音。壁や床が動きだしたかのようである。ほこりがハラハラと天井からこぼれる。蹄《ひづめ》の音が近づき、立ちどまるのが聞こえる。いくつもあるギャラリーのひとつで、一瞬、そのすき間から白馬の首が見える。パニックに陥っていて、眼を見開き、歯をむき出している。と同時に宮殿がゆれる。アントーンは暗がりのなかに立ったまま動かず、言う)

私は色盲なのだ。

幕

第三幕

宮殿ではすべての色が消えている。ありとあらゆるものが灰色である。登場人物の衣裳まで。鉛のような光。鳥たちは黒くなり、じっと動かずあたりにとまっている。空高く渡っていく群れの、メランコリックな音が、ときおり聞こえる。二つ折り判《フォリアント》の帳面を積み重ねた大きな束が、いくつも床のうえで塔のようにそびえている。

第一場

エーゴン・S・ゲーリュオン。徹夜で疲れ、ヒゲもそらずに、帳面の山にうずもれて床にすわりこみ、財産目録をつくろうと絶望的な努力をつづけている。

エーゴン　（読みあげながら）……「故人のための完全なるナイフ・フォーク・スプーンのセット。三十二種類からなる」……――いずれにしてもだ、結局は銀だろうな。

とすると、だ、百二十マルクか。さて、つぎ。「世界の十二の大秘密。葉書の裏に書かれている」──もしかしたら、呪文かもしれないぞ。専門家に調べてもらう必要があるだろう。「世界の七つの小秘密。三百六十五巻」……どうやら、なにか全集のようなものらしいな。この手のものはかなりの値になる。七百マルクは、かたいだろう。いや、それとも五百マルク。──「思考磁石」──思考磁石？　わからん。──「黄金の三本足のためのダンス・シューズ三個」──気が狂いそうだ。「神の意志によらず頭から落ちた髪の毛一本」──馬鹿ばかしい！……「顔の内部」「星時間時計」「蜜蜂の天の梯子」「精霊の卵の殻」……もう、我慢できない！

（帳面をほうり投げ、立ちあがり、あちこち駆けまわる）

だが、どうしても、どうしても、なにか見つけないことには。頼りになるようなものを！

（別の帳面を手にとる）

「……真デアル《ウエールム・エスト》、嘘イツワリナク《シネ・メンダキエ》、確カデアリ《ケルトゥム》、モットモ真デアル《エト・ウエリシムム》……当家は殺人の巣窟にあらず、もしもかりに当家が暗黒の牢獄になろうとも、汝、恐れるなかれ。当家は汝を監禁しないであろう。なぜなら、汝、清らかな両手で裸の石壁を打つならば、必ずや石壁は汝の眼前で開くであろう」。必ずや石壁は汝の眼前で開くであろう？　これはだれのことなんだ？　こいつはもらっておくほうが、いいな。

（帳面からそのページをむしり、ポケットにしまいこむ）

さしあたり、だれかひとり欠けても、やっていけないわけだ。

第二場

エーゴン・S・ゲーリュオン、まだ化粧していないエルスベト。

エルスベト　エーゴン――なにか恐ろしいことが起きてるわ。もしかしたら私の目のせいかもしれない。もう色が見えないのよ。

エーゴン　私にも見えない。

エルスベト　でも色って、そんなに簡単に消えるわけはないでしょう！

エーゴン　だが、どうやらそうらしい。

エルスベト　ではアントーンじいさんの警告が正しいというわけね？

エーゴン　そのようだ。

エルスベト　まあ、どうしましょう、エーゴン、きっとなにかが起きるんだわ！

エーゴン　おい、昨夜からどうして私が、この山のようなほこりと紙を、生き埋めになりながら掘りかえしていると思う？　それはただ私が、この件をきちんと処理しようと考えているからなのだ。この件がうまくいかない場合、たとえ責任がないとしても、私も一枚かんでいるんだよ！　だが、納得のいく根拠となるものが見つからないなら、どうやって私は連中に、相続請求権の代償として相応の金額を提供できるというのかね？

エルスベト　もうだれかと交渉したの？

エーゴン　あの三人の女は、まったく気でも狂ったような計画を考えだしてね、私の説得をがんとして聞きいれようとはしない！　それから前科者は、考えさせてくれと言った。どうやら値段を釣りあげる魂胆らしい。

エルスベト　私たちの資産に手をつけようなんて気はないんでしょうね、エーゴン？

エーゴン　未来の遺産に手形を振り出すんだ。自信はあるよ。私の提案が受けいれられるまで、気長に主張していくつもりだ。

エルスベト　でもこの家――この家は、どうなるんでしょう？
エーゴン　私はこういう変化にも平然としてるじゃないか、エルスベト。事態が脅迫的になればなるほど、連中が自分の分《ぶん》を投げ売りしようと決心するのも早くなる。結局は譲ってくるだろう。
（こだま――「……譲ってくるだろう……譲ってくるだろう！」）
エルスベト　あなた、こんなこだま、これまでに気がついたことおあり？
エーゴン　いいや。
（叫んでみる）
ハロー！（こだましない）
変だな。
エルスベト　エーゴン――あなた、もうニーニと話しました？
エーゴン　ああ。意見をしたよ。あの若僧と会うのをやめろ、と言っておいた。
エルスベト　そしたらあの娘《こ》、なんて言いました？
エーゴン　まるで命にかかわることのように、ものすごい態度で、ほえて、叫んだよ。だから私も、私たちがここにいるあいだ、部屋に閉じこめておくぞと脅かしてやった。

エルスベト　で、あなた、あの青年と話をするおつもり？

エーゴン　エルスベト、いつものことだが、おまえの心配は度がすぎる。なんにも起きちゃいないんだよ。

エルスベト　あなたは、あの娘《こ》の思うように、手玉にとられるのですもの。きっと最後には、また許したんでしょう。その礼儀正しい紳士《カヴァリエ》に会ってもいいって。

エーゴン　そのかわりに、あの娘《こ》は、自分の分《ぶん》と彼の分《ぶん》を私にくれた。感動的だね、そうは思わないか？　申し分のない子だ。

エルスベト　そんなこと思いもしてなかったくせに、エーゴンたら！

エーゴン　なぜ自分の娘を不幸にしなきゃならんのか、わからないね。さてヒゲをそらなくては。

（退場）

第三場

エルスベトひとり。
カラスの巨大な群れの鳴き声が、通りすぎる。

エルスベト（見まわす）
ほんとうにこれが——私たちの顔、——正真正銘、私たちの顔？……
（こだま——「……顔……顔……顔……」）
私たち、いったいなにができるの？　おたがいに正直であること、そうだわ、ほんとうに正直であること、だれにたいしても。

第四場

エルスベト・ゲーリュオン、ゼバスティアン・ノートハフト。

ゼバスティアン　（ためらいながら近づく）
エルスベト　あなたにお話があるの。
ゼバスティアン　ニーニヴェはどこです？
エルスベト　昨夜なにがあったのか、おわかり？
ゼバスティアン　ええ……ぼく——ですからニーニヴェをさがして……
エルスベト　あなた、ニーニヴェにあなたの分《ぶん》を渡したんでしょう、ね？　なにと引き換えに？
ゼバスティアン　それは……担保なんです。
エルスベト　担保？　なにの？
ゼバスティアン　彼女がぼくを信じてくれるように……つまりぼくが彼女を信用しているっていう。
エルスベト　ほんとうにそれだけ？
ゼバスティアン　はい。
エルスベト　かわいそうね、あなたって！　ニーニヴェが嘘をついてるってこと、ご存知？　あの娘《こ》は冷たくて、この世では自分自身のほかはなにひとつ愛さないってこと、ご存知？　だから目をさまさなくっちゃ。ニーニヴェは愚かにも、冷酷にあなたをもてあそんだのよ。いつもやっているように。

ゼバスティアン　嘘だったのか！

エルスベト　あの娘《こ》があなたの「担保」をどうしたか、ご存知？

ゼバスティアン　どう……した？

エルスベト　自分の父親に渡してしまったのよ！

ゼバスティアン　（度を失って彼女をじっと見つめる）

そんなこと信じない……

エルスベト　あの娘《こ》がやって来ましたわ。自分の耳で聞いてごらんになったら？

ゼバスティアン　（うろたえて、まわりを見まわす）

ぼく……ぼく、話せない！　いまは、だめです！

エルスベト　あとにしたほうがいいのかもしれないわ。あなた、とにかく少し落ち着いて！

（彼を押しだす。仕切り幕のむこうで――これは観客にだけ見えるのだが――ゼバスティアンは呆然と立ちつくしている）

第五場

エルスベト。仕切り幕のうしろにゼバスティアン。ニーニヴェが来る。

エルスベト　まあ、ニーニヴェ？「おはよう」も言わないの？
ニーニヴェ　言わないわ。
エルスベト　私、あなたに悪いことしてしまった、でもそれはあなた自身の責任なのよ。恥ずかしげもなく、また私に嘘ついたでしょう。
ニーニヴェ　嘘はいつものことだわ。まさにそういう人間なのよ、私って。私には心ってものがない、良心ってものがない、恥ってものを知らない。お気の毒だけど、私はお父さんとお母さんの子どもなのよ。
エルスベト　（泣く）でも、なぜなの？　いったい私たち、なにをこんなにまちがえたのかしら？　あなたをちゃんとした人間に教育しようと、いつだって努力してきたわ。それに私たち、あなたにとってけっして悪いお手本ではなかったはずよ。
ニーニヴェ　わかんないかなあ、ママ？　おもしろいじゃないの。
エルスベト　あなた、死ぬほど恥ずかしいと思うべきだわ。おつむがしっかりしていない哀れな人から、分《ぶん》をだまし取るなんて――
ニーニヴェ　（絶望的な嘲笑を浮かべて）なぜいけないの？　彼はそのことを、喜んでさえいたわ！　文句があるなら、しなきゃよかったんだから！　それにもうパパが分《ぶん》と引き換えに彼との仲を取りもってくれたので、私、協力したのよ。いまじゃ、すべてが汚くてムカムカするわ。私たち、おとぎ話みたいな家族よ、そう思わない？

（仕切り幕のうしろで、突然、短いすすり泣きが聞こえる。ニーニヴェはゆっくり仕切り幕のほうへ近づき、それを引く。彼女のまえにゼバスティアン。彼は彼女をじっと見つめ、それから駆りたてられたように走り去る。彼女は母親のほうに向きなおる）

聞いてたんだ……盗み聞きしてたんだ。そしてお母さんには、それがわかってたのね。
エルスベト　いいえ、おまえ、いいえ、知らなかったわ！
ニーニヴェ　「いいえ、おまえ、いいえ」。嘘だわ、嘘よ！　ちがう、あんたたち嘘はつけない、嘘なんかつけっこないのよ。だってあんたたち自身が嘘なんだから！　ああ、あんたたちが着せてくれる服なんて、大嫌い。あんたたちの食事なんて、大嫌い。私を毒で殺すんでしょう。あんたたちの空気なんて、大嫌い。息がつまるわ。あんたたちのほんとに退屈な世界なんて、大嫌い。なんだって売り買いできて、なんだって保険かけて、なんだって吐き気がするわ。私、私自身が大嫌い。あんたたちの肉からできてるんだから！　私にさわらないで！　永久にあんたたちから、そして自分からも離れたいのよ！

（走って出ていく）

（こだま――「……大嫌い……大嫌い……」）

第六場

エルスベト、エーゴン。あとでアントーン・ブルト。

エルスベト　（泣きながら、椅子にくずおれる）ああ、ニーニヴェ、ニーニヴェ！

エーゴン　(ヒゲをそり、きちんとした身なりで、やって来る)
　おまえたち、また喧嘩したのか?
エルスベト　ああ、エーゴン、恐ろしかったわ。あんなニーニヴェ、見たことなかった。どこへ駆けていったか、だれにもわからない!
エーゴン　遠くへは行けない。全部の出口に鍵をかけたからね。だから安心しなさい。
エルスベト　鍵を手にいれたの?
エーゴン　鍵はひとつだけなんだ。この長持《チエスト》ちに保管してある。
　(長持《チエスト》ちをあける)
　なんてことだ!
エルスベト　なくなったの?
エーゴン　ちがう、その反対だ——つまり……私には理解できない!　この長持《チエスト》ちはからっぽだったが、いまは——上までぎっしり鍵がつまっている!
　(叫ぶ)アントーン!　——アントーン・ブルトさん!
アントーン　(登場する)
　お呼びでございましょうか?

エーゴン　ここにある鍵、あんたが入れたのかね？
アントーン　（長持《チェスト》ちをのぞきこみ、体をこわばらせる）
始まったのです。
エーゴン　なにが？
アントーン　大増殖が、でございます。
（こだま――「……増殖……殖……殖……」）
エーゴン　まるでこのことが病気でもあるかのように、あんたは喋っているが。
アントーン　じっさい病気なのでして、旦那さま。この宮殿にそむくような犯罪が行なわれた場合、犯行に使用されたすべての事物を、無価値なものにしてしまう。それがこの宮殿の流儀でございます。
エーゴン　（長持《チェスト》ちのふたをパタンとしめる）
帳面、かたづけるんだ！

第七場

エルスベト、エーゴン、アントーン。アルミーニウス博士が登場。

エルスベト　ああ、博士！　ようやく決心してくださいましたの？　すこしは私たちのことを考えてくださるって？

アルミーニウス　まったくそんな気はありません、社長夫人。相続人の方々に相談したいことがあるので半時間後にここにお集まり願いたいと、シュヴェーラー将軍がおっしゃっておられます。うまくいけば、私もうれしいんですが。ただちにこの件に結着をつけることが、ぜひとも必要なようです。

エーゴン　将軍の提案というのは、どういったものです？

アルミーニウス　失礼、まだほかの方々にもお知らせしなくてはなりませんので。ところで、男爵夫人の姿をお見かけになりましたか？　さがしているのですが。

エーゴン　いいえ。

アルミーニウス　（退場）

第八場

エーゴン、エルスベト、アントーン。

カラスの群れの鳴き声の通りすぎるのが、ふたたび聞こえる。

エーゴン　ああいう軍人というのは、どうも虫が好かん。いつだって連中は、わかりもしないことに首をつっこんでくる。ま、将軍も、私の説明を聞けば、驚くだろう。だがそれまでに、どうしてもあと二、三名の分《ぶん》が必要だ。

エルスベト　私、急いでちょっと身じたくしなければならないようね。

（出ていく）

エーゴン　かまわんだろう、おまえ。で、アントーン、あんたはいい加減に、この役立たずのがらくた帳どもを、始末してくださらんか！

アントーン　（憤然として一冊だけ帳面をつかみ、ゆっくりと運びだす）

第九場

エーゴン。ヤーコプ・ネーベル登場。

エーゴン　ああ、ネーベルくん。どうかね、決心ついたかな？

ヤーコプ　社長さん、決心がつきました。あっしは非売品なんでさあ。我ながら、まことに残念なんですが。

エーゴン　ネーベルくん、では遺憾ながら報告しておかなければならんことがある。昨夜たまたま、ひとりの男を観察する機会があったが、それが驚くほど君に似ていた。その男がなにをしていたか、ご存知かな？

ヤーコプ　(うろたえて)ああ、ここはひとつ取引の話をしましょうや。

エーゴン　千マルクで――分《ぶん》と全権利。私は、申し出はきちんと守る。

ヤーコプ　考えてもみてくださいな、大旦那、あっしは、大旦那とはちがってありふれたケチな野郎でして、自分の稼ぎで生きていかなくちゃならない。

エーゴン　では、よろしい。千二百マルク。

（皮肉をこめて）これだと、君のいつもの「稼ぎ?」に見合うかな?

ヤーコプ　手短に申しあげりゃ、その二倍をお願いできればよかったんですがね！

エーゴン　まだほかにも急ぎの取引があるので。

ヤーコプ　社長さんは、あっしのことをはねつけなさるんで?　だとしたらそいつは、困った見当違いですぜ！　なぜかってえと、特別にこのあっしの分《ぶん》が、旦那にとって目ん玉飛びでるほど値打ちものになるまで、あっしはおとなしく待っちゃいませんからね。

エーゴン　なぜなのか、よくわからないが。

ヤーコプ　はばかりながら、理由は一目瞭然じゃございませんかね。もしも旦那が、その一目ってやつをはたらかせていたらですが。まことに残念ながら、これで失礼。

（立ち去ろうとする）

エーゴン　二千！

ヤーコプ　（すぐさまふり返り）現金で。もしもお願いできるものなら。

エーゴン　手形だ。支払いは遺言状開封の当日。

ヤーコプ　はばかりながら、旦那を信頼して、快くあるいは通例どおり、その手にお任せいたしやしょう。

（封筒と手形が交換される）

エーゴン　（封筒をあけて、紙切れをじっと見つめて、圧倒される）……「包括相続人エーゴン・S・ゲーリュオン」……ネーベル！　ネーベルくん！　絶好の機会に、天からの贈り物だ！

ヤーコプ　ちがいますよ、社長さん！　天からじゃありません。あっしからのですぜ。

エーゴン　私が――包括相続人！　なんだって変えられる！

ヤーコプ　ほんとに喜ばしいことで！

エーゴン　ねえ君、将軍はうまくやると思うかね？　そうなれば大歓迎しよう！　彼を全力で応援しなければね！　グズグズせずに彼と話をつけなくては！

（駆けて出ていく）

第十場

ヤーコプ・ネーベルひとり。

ヤーコプ（ポケットから干しセイヨウナシを取りだして、考えにふけりながら食べはじめる）
おお、わが宿命たる器用さよ、おまえはしつこくおれの人生の小道をずうっとお伴して、不法監禁という名をもっているが、この家でもおまえはおれに不意討ちをかけてくれた！　家の扉という扉には全部、錠がおろされている。だが、どのみち、おれの仕事は無駄骨だった。楽園の黄金《きん》の果実たちはコツコツと時を刻むのをやめ、意地悪にも一夜のうちに干し果物に姿をかえてしまったのだからな。そして、ひからびた姿でそいつらは、さしあたり、刺《とげ》だらけの食物《えさ》となって、おれにサービス中。たとえこのおれに奇跡が起きようとも、もちろん奇跡は赤字の姿でお出ましだ！　だがネーベルヤーコプはそう簡単にはあきらめない！　おれは自然の手練手管、超自然の手練手管など、ものともせずにだ、商売で手のひらをかえして、またぞろ芸術的複製にいそしむのだからな！　するときっと、すぐにもお客が近づいてくる。需要と供給という鉄の法則におびきよせられて。

第十一場

ヤーコプ・ネーベル。クラーラ・ドゥンケルシュテルン登場。

クラーラ　ネーベルさん！　ご決心をうかがいに参りました。

ヤーコプ　ねえ、先生、思案のすえ、あっしは先生の側につこうと、ほんとうは決めていた。ところが、ことのほか明確な申し出がありやして、悩み多きあっしの足にブレーキがかかっちまった。ゲーリュオン社長がみずからお出ましで、あっしの分《ぶん》を五千マルクでどうかと言ってきたんで！

クラーラ　よく聞いてください、ネーベルさん。要するにその人は、あなたをたぶらかそうとしているのです。遺産全体の十分の一は、五千マルクぽっちのはした金よりは、おそらくもう少し多いはずです。おわかりになります？

ヤーコプ　恐ろしいほど、よくわかっておりまさあ。ですがその一方……あっしにしてみりゃ、手にもった帽子のほうが頭上の鳩よか、好ましいわけで。

クラーラ　あたくしたちの計画を信じてらっしゃらない？

ヤーコプ　いや、先生、あっしだって喜んで先生の旗のもとにはせ参じますよ。もしも先生が、将来あっしのものになる財産を、ちょいと前払いなぞしてくだされば。

クラーラ　あなたをなびかせるようなものは、なにひとつもっていません。あたくしの主張する十分な根拠のほかには。

ヤーコプ　せめてそのブローチでもいただきたい。

クラーラ　これは母の形見です！

ヤーコプ　あっしの分《ぶん》である十分の一を拝めば、すぐにお返ししますがね。――それとも結局のところ、先生は自分でも自分の勝利が疑わしいんですかい？

クラーラ　さあどうぞ。

（ブローチを渡す）

ヤーコプ　感動した目つきで、あっしのこと見てらっしゃる。

（自分の分《ぶん》を彼女に渡す）

クラーラ　（彼の手をにぎる）

これであなたはあたくしたちの仲間です、ネーベルさん！　おめでとうございます！

ヤーコプ　せめてチラッとでも中をご覧にならないんですか？

クラーラ　そんなこと、まったく必要ありません。

（封筒から紙切れを取りだし、読む）

「包括相続人クラーラ・ドゥンケルシュテルン」？

（よろめき、椅子に腰をおろす）

あたくしが？　包括相続人？――ここにある高価な品が、家具に敷物が、絵に鏡が全部、見当もつかないこの家の財産がすっかり――あたくしのものだった？　あたくしひとりの？　ものだった？――いまなお、あたくしのもの！

（興奮のあまりふるえながら、立ちあがる）

あたくしは手を伸ばして、つかむだけでいいのね！

（歩きまわる）

あたくし、クラーラ・ドゥンケルシュテルンが、この宮殿の主人！　自由なんだわ！　もう二度と学校に行かなくていい！　すべての願い、すべての憧れ、どんな気まぐれも実現するのね！　友だちをつくって、パーティをひらくわ、音楽にあふれた派手で陽気なパーティを。

（目をとじて二、三歩ダンスのステップを踏み、中断する）

ついに、あたくし、見つけてもらえたのね、幸福に――でも自分の扉には鍵をおろしたままにしておかなきゃ――幸福がこんなに重いものとは、思ってもみなかったわ、もしも自分で……だめ！　――通りすぎて！

（こだま――「……通りすぎて……通りすぎて」）

（涙がこぼれそう）

あたくし、試験に合格したんだわ！

ヤーコプ　そう、まもなく現実になると思いますぜ。先生の幸福は。

クラーラ　さあ行きましょう！　署名していただかなければ。

（ふたりは退場）

第十二場

シュヴェーラー登場。アレクサンドラの銃をもち、ほかに人がいないことを確認する。

シュヴェーラー　ハロー！　――だれもいないな？　――よろしい。　――この魔法の棒は、どこかこのあたりに隠しておかねば。先にきな臭いと思われては、まずいからな。そうなれば、みんなを罠にはめるまえに、逃げられてしまう。

（隠し場所をさがし、帳面の山のなかに決める。銃のうえには、二つ折り判《フォリアント》の帳面を二、三冊ていねいに重ねる）

文句なしだ、ここならきっとだれもさがさない。さあ幕があげられるぞ！　――待てよ、サーカスの王女さまを連れてこなくては。一晩たって、おとなしくなっていれば、いいのだが――あの暗い部屋で。

（退場）

第十三場

アンナ・フェンリス、パウラ・オルム。

アンナ　なんで、そうしょっちゅう、あたしにまとわりつくんだね、パウラ。わずらわしくてたまらない。
パウラ　まだあたしの腕時計がいるのかどうか、聞きたかっただけなの。必要じゃなかったら、お願いですから、返していただきたいんだけど。
アンナ　あたしを疑おうっていうのかい？　あんたがそういうつもりなら、あたしだって、もっと厳しいところを見せることになるよ。あたしが不自由な身だから、あたしに逆らえるとでも、思ってんのかもしれないけど。
パウラ　とんでもない、フェンリスさん、そんなことありません！
アンナ　そうかい？　だが、あたしの靴、磨いてないだろう。取り決めておいたのにさ。気がつかないとでも、思ってんのかもしれないけど。なんでも気がつくんだよ、ちゃあーんとね！
パウラ　でも時計のことで……
アンナ　それにあたしのコーヒーだって、もってきてないじゃないか。ただささ、ほんのもうちょいと善意ってものをしめすことができると思うんだよ、パウラ。他人《ひと》さまにあんなに尽力してもらい、将来のことも心配してもらってんだから。

第十四場

アンナ、パウラ。アントーン・ブルト登場。

アントーン　失礼、奥さま方。この帳面をかたづけるよう、申しつけられておりますので……

アンナ　ブルトさん、どうしてもあんたに聞きたいことがある——それもすぐにさ。交渉がはじまらないうちに。

アントーン　奥さま、お答えできれば、よろしいのですが。

アンナ　ああ、そう願いたいね。いろんなことが左右されるんだからね。じゃ、ほんとうのことを言っておくれ。それにこれまでみたいにノラリクラリじゃなくて、しっかり頼むよ！

アントーン　かしこまりました、奥さま。

アンナ　ここの主人、フィラデルフィアってのは、どういう人だったのかい？　あんた、よく知ってたんだろう、え？

アントーン　はい、たしかに……ですが――手前のおぼえておりますかぎりでは――手前は主人とは個人的には――一度も――会ったことがございません……

アンナ　え、あんた、お仕えしなくてよかったのかい？　お仕えしてたなら、会ったわけだろう？

アントーン　いいえ、そうは思いません。

アンナ　そうは思わないって、どういうことなのさ？　会ったのかい、それとも会わなかったのかい?!

アントーン　その両方でございます、奥さま。主人が存在していたことは、はっきりおぼえておりますが、その姿とか、顔のほうは……

アンナ　あんた！　悪ふざけはやめな！　あんたには似あわないよ！　使用人の分際《ぶんざい》で！

アントーン　冗談を申しあげる気など、ほんとうにございません、奥さま。手前の記憶は流れだして、からっぽに……

アンナ　あんたは、どうやって気がついてたというのかね、そもそもそういう人間がいたってことに？

（こだま――「……いたってことに……いたってことに……いたってことに……」）

アントーン　椅子とか燭台とかの並べ方とか、独特のかおりとか、半開きの扉とか……

アンナ　（叫ぶ）もうたくさんだよ！　消えとくれ！

アントーン　（帳面のほうへ行く）

アンナ　パウラ！　まだコーヒーが飲みたいんだよ！　すぐに！

（パウラ出ていく）

アントーン　（銃をひっぱりだす）

アンナ　そんなとこでなにをまだゴソゴソやってんだい、ブルトさん？

アントーン　ちょっとしたものを見つけました。きっと男爵夫人がお忘れになられたのです。男爵夫人にお届けいたしましょう。

（退場）

第十五場

アンナひとりきり。

アンナ　思った通りだ。最初から。裏にはなにもないんだ。遺言者なんて、どこにもいないんだ。遺言状なんて、そっくり中身のないクルミさ。ほかの連中は、どうやら、なにも気づいてない。あたしにはますます都合がいいだけさ。どうすればいいのか、よくわかったよ。

（後景に腰をおろす。背中を観客にむけて。つぎの第十六場では彼女がなにかを呑みこんだり嚙んだりしているのが見えるが、それがなにかは、わからない）

第十六場

エーゴン、エルスベト、クラーラ、ヤーコプが登場。

エーゴン　……当然のことながら、私は、私たちの分《ぶん》をテーブルに置く用意があります！

クラーラ　そしてあたくしは、もう一度強くお勧めします。あたくしたちの仲間になるようにと！

エーゴン　理解できませんな。私は八千マルク出すと申しあげているんです。もちろん、あなた、それにあなたのお友だちお二人、合わせてですが。

クラーラ　あたくしの考えは変わりません。

エーゴン　あなたの権利を放棄する必要もないんですよ！　すべては、遺言状の指定どおりに分配されるわけですから。

クラーラ　社長さん、あたくしがその申し出に応じなかったということを、きっととても喜ぶことになるでしょう。ご自分がなにをなさっているのか、ご存知ないんです！

エーゴン　自分がなにをしているのか、ちゃんとわかってますよ！

クラーラ　そうですか、どうやらなにかご存知のおつもりみたいね。

エーゴン　どういう根拠があって、私がなにかを知ってるとおっしゃるんです？

クラーラ　ええ、あたくし知っているんです。
エーゴン　なにをご存知なのかな？
クラーラ　あなたがなにもご存知ないということを。
エーゴン　どういう根拠があって、主張なさるのかな、あなたがそれを知っていると？
（こだま——「……知っていると……知っていると」）
クラーラ　こんな言い争い、馬鹿げてきましたわ。いずれにしてもあたくしには自信がありますす。あなたはなにもご存知ない。でなければ、あたくしの提案を承諾なさるでしょうから。
エーゴン　そして私もあなたに、まったく同じことを申しあげよう。
（ふたりは不信感をいだいて、にらみあう）
ヤーコプ　（不安になって）誤解ってものにちょいと休息をあたえてやったらどうでしょうかね。真相解明はいつも早すぎ、まれに遅すぎ、タイミングぴったりなんて絶対にない。これ、あっしの口ぐせなんですが。

第十七場

パウラ、第十六場の人物。

パウラ　すぐにお湯がわきます。
アンナ　もういらないよ、あんたのコーヒーなんか！

第十八場

第十七場の人物。それからアルミーニウス博士、ニーニヴェ、ゼバスティアン。アルミーニウスがニーニヴェの手をひいて入ってくる。ゼバスティアンが大きく離れてあとにしたがい、扉のところで立ちどまる。

エルスベト　ニーニヴェ、ああ、よかった！　ずっとこれまで、どこにいたの？
アルミーニウス　最上階の大理石の階段の手すりのところにすわっていました。この青年は階段のなかごろにうずくまって、お嬢さんのほうをじっと見あげていました。お嬢さんは、青年が近づこうものなら、飛び降りるつもりのようでした。

エルスベト　おお神さま、私のニーニヴェ、いらっしゃい！　こちらへいらっしゃい！

（ニーニヴェをひっぱる。ニーニヴェはひっぱられるままになり、母親の横の椅子にすわらされ、髪をなでられる）

アルミーニウス　将軍はまだお見えじゃありませんか？

第十九場

第十八場の人物。アレクサンドラが急いで入ってくる。すっかり息を切らしている。あいかわらず前幕の衣裳のままだが、その衣裳もいまは灰色、おまけにボロボロである。すぐに自分のうしろの扉をしめる。

アルミーニウス　あ、男爵夫人。ありとあらゆる場所をお探ししたんですよ。将軍がどこに隠れてしまったのか、もしやご存知では？

アレクサンドラ　（うなずく）もしや。――

（扉に鍵をかける）

将軍には控えの間でほんのちょっと待ってもらいましょう。私の話が終わるまではね。私、邪魔されたくないの。――二、三分まえ将軍に納戸から出してもらったのよ。一晩じゅう私はそこに、閉じこめられていたのだけど。

エルスベト　閉じこめられていた？　まあ恐ろしい。いったいだれがそんなこと、したんでしょう？

アレクサンドラ　将軍自身よ。ただ将軍は、私が彼より走るのがはやいってことを、計算にいれてなかった。

エーゴン　彼があなたを閉じこめた？　将軍が？　どうしてそんな大胆なことができたんです？

アレクサンドラ　私の口から皆さんに彼の計画がもれるのを、阻止するつもりだったのよ。計画がもれてしまうと、おそらく皆さんはだれひとりとして、この場に残らないでしょう――私の知っている皆さんなら。

（シュヴェーラーが外から扉をドシンドシンとたたいて、「あけたまえ！」とどなる）
あらもう着いちゃった。じゃ要点だけ話すわ。彼は、あなた方に脅しをかけようとするでしょう。つまり、銃を突きつけて——ところでその銃は私のものなんだけど——無理やりあなた方の分《ぶん》をテーブルに置かせるつもりなの。

（シュヴェーラーが扉をドシンドシンとたたく）
待って、将軍！　すぐにお迎えしますからね。

エーゴン　それはまた、信じがたい厚顔無恥ですな！　どのみち私は自分の分《ぶん》は出すつもりだった。だが、そういうのはだめだ、いや、だめです、そういうのは！

クラーラ　中に入れてやりましょうよ！　びっくり仰天することでしょうよ！

アンナ　将軍の鼻先に、あたしたちの考えをつきつけてやろう。

（アレクサンドラが扉をひらくと、そこに将軍がいる。脅迫するような態度でゆっくりと、相続人たちのほうに近づいてくる）

シュヴェーラー　どうやら話はもう、このご婦人からすっかり聞かれたことと思うが。言い忘れられたことが、たったひとつだけあるかもしれん。つまり、これは本気なのだ。では、始めようか。みんな、これから自分の分《ぶん》をテーブルに置く。これは命令だ。

エーゴン　その態度、どうやらなにか勘違いされているようですな、将軍。そうは思いませんか？

クラーラ　将軍の計画にあたくしたちが協力するなんて、あきらめていただかなければならないでしょうね。

シュヴェーラー　（みんなの顔を順にながめる）

わがはいの命令を拒否する？　よろしい、それでは、どういうことになるか！

（帳面の山を掘りかえすが、銃が発見できず、怒ってあたりを見まわす）

糞っ、いまいましい！　いったい銃はどこなんだ?!

（ほかの者もだんだん事情がわかってくる——そして、つぎつぎに大声で笑いだす。将軍は喘《あえ》ぎながら、こぶしをまるめて、まん中に立ちつくす）

第二十場

第十九場の人物。アントーンが銃をもって、やって来る。

アントーン　お探しいたしましたが、どちらにもいらっしゃいませんでしたので、マダム。お忘れ物です。

アレクサンドラ　ありがとう、アントーン。

（銃には手をふれない）

戻してちょうだい、あなたが見つけた場所に。

アントーン　かしこまりました、マダム。

（銃を帳面と帳面のあいだに置く）

エーゴン　なんてことを、気でも狂ったんですか？

アレクサンドラ　いいえ。でも私、ゲームをぶちこわす人間じゃないから。

シュヴェーラー　（銃をひったくり、怒りのあまり歯ぎしりする）

さあ、きさまたちの出番はなくなった！　わがはいを案山子《かかし》にはできんぞ！　全員の分《ぶん》がテーブルに置かれるまで、ここを離れるな。そのまえにこの部屋から出ていくやつは、撃つ。容赦はせんぞ。これは、死ぬほど本気だ。

（間《ま》——相続人はみんな、まっ青な顔をして身をすくめたまま、だれひとり動こうとはしな

い）

アレクサンドラ　さて、皆さん？

（だれひとり返事をしないので、彼女は立ちあがり、ゆっくりとシュヴェーラーのわきを通って扉のほうにむかう）

シュヴェーラー　どこへ行く？

アレクサンドラ　私の馬をさがしに。ご存知でしょ。

シュヴェーラー　（どもる）じっとしてろ――動くと撃つ！

（銃の安全装置をはずす。アレクサンドラは歩きつづける。シュヴェーラーは狙いをさだめる。ゼバスティアンがとびだして、銃をひったくる。ふたりは一瞬、取っ組み合う。突然、一発の銃声。銃声は、ほとんど終わりを知らないこだまとなって館《やかた》にひろがる。いちばん離れた空間にまで反響している。ゼバスティアンが床に倒れる）

アレクサンドラ　（彼のそばで）医者を、アントーン、急いで！

アントーン　（体をこわばらせて立っている）

クラーラ　なにをグズグズしてるんです?!

アントーン　出口が、マダム……つい先ほどまで階下におりましたが……

エーゴン　（長持《チエスト》ちのところで）鍵だ！　本物はどれだ？　いっしょにさがすんだ、ブルトくん！

アントーン　遅すぎます！　外に通じる扉はもうございません、旦那さま。傷口のように癒着してしまいました。もはやどの扉も、壁のひどい傷跡でしかないのです。

（間《ま》。みんな、立ちすくむ）

アレクサンドラ　さて、公証人さん？——あなた、こういうとき自分の黙秘義務というのを、どうお考えなの？

ゼバスティアン　（うめく）助けて！

アルミーニウス　（ひとりごとで）そうだ——助けよう……

幕

第四幕

いまでは窓も消えてしまっている。窓があるとしても、それは建築様式としての模造、つまり「盲窓」でしかない。広間の空間は、何百という燭台やろうそく――これらは、ありとあらゆる形や大きさで、いたるところに置かれている――の照明で、お祭りのように明るい。衣をまとった女性像《カリアティード》の柱はやせおとろえ、哀願するような身ぶりをしている。絵や彫像までが、いまでは、驚いた表情、痛ましそうな表情、もの問いたげな表情、怒った表情になっている。鳥たちは死んでいる。前景では、掃きあつめられた鳥の死体が、ひとつの山となっている。登場人物がまとっている衣服は、見るからにボロボロである。あらゆる場所に衰亡の徴候。

第一場

ゼバスティアン・ノートハフトが、玉座の椅子にぐったりと小さくなって、うずくまっている。目はとじていて、意識がないようだ。胸には大きな包帯をまいている。アレクサンドラが玉座の段に腰をおろしている。大時計のゆっくりしたチクタクが聞こえる。その音はあちこちさまよい、ときおり近づいたかと思うと、また離れていく。アントーンが登場。ろうそく立てをひとつ、手にしている。顔はろうのように青白く、ふらふらとよろけるような動作で、足をひきずっている。

アントーン　これが、マダム、最後のひとつでございます。窓が消えてから、ほかのろうそく立ては全部、ほかの皆さまに差し押さえられてしまいました。
アレクサンドラ　いいのよ。
アントーン　マダムはそういうふうに惜しげもなく、まったく故意に使っておしまいになるわけで？——このろうそくが燃えて溶けてしまうと、闇がはじまります。
アレクサンドラ　わかってるわ。
アントーン　（お辞儀をして、立ち去ろうとする）
アレクサンドラ　アントーン？——皆さん、なにしてるの？
アントーン　事故を悔やんでいらっしゃいます、マダム。

アレクサンドラ　私たち次第なのよね、この青年が死ぬかどうかは。もうだれか気がついたかしら？
アントーン　お気づきにはなっておられるでしょう、マダム。ですが、どうやらどなたも、第一歩を踏みだす決心がつけられないごようすで。
アレクサンドラ　用はそれだけ。ありがとう、アントーン。
（アントーン退場）

第二場

アレクサンドラ、ゼバスティアン。

ゼバスティアン　……つまりそういうことなんだ。——もうわかってる。——死ぬんだ。
アレクサンドラ　じっとしてなさい！　喋っちゃだめ！
ゼバスティアン　そうに決まってるんだ。——もう、あまり時間がない。——それなのにぼくは、わからなきゃいけない……

アレクサンドラ　なにをわからなきゃいけないの？

ゼバスティアン　なぜって、ぼく、おつむがしっかりしてないでしょう、ね？——ぼく、嘘がわからない。——その病気で、死ぬに決まってるんだ。

アレクサンドラ　死なないわ、あなた、死なないわよ。じっとしていたら。

（間《ま》）

ゼバスティアン　どういうものなのか、知ってますか——不安というのは？

アレクサンドラ　死ぬことを学んだ人なら、なにが怖いのかしら。

ゼバスティアン　いまちょうど学んでいるところだ。——よく知ってるんですか——死を？

アレクサンドラ　私がまだ子どもだったころ、ときどき死は私を遊び相手にしたわ。あとになって私たちはいっしょに仕事をした。いつも、いっしょだった。ある日私は気がついたの。死が私を甘やかしはじめてるって。風変りな小物を、死は私にプレゼントしてくれたものよ。たとえば、ぜいたくな別れとか、かわいらしい額のしわとか、美しく磨きあげた氷片のように透明な孤独とか。しだいにプレゼントが価値の高いものになってきたので、本気なんだなって、わかったのよ。

(物思いにふけりながら、ゼバスティアンをながめる)

そうしてとうとう死が、私の恋人になったわ。

ゼバスティアン　あなたは、だれかに同情したことが一度もないんですか?

アレクサンドラ　私たちが不死身の存在じゃないから?

ゼバスティアン　ぼくらが弱虫だから。

アレクサンドラ　(だまっている)

ゼバスティアン　でも、だれかを愛するようになったら?

アレクサンドラ　愛ってものはね、坊や、弱虫にはよりいっそう向いてないの。――しばらくあなたをひとりにしておくわ。忘れないで、ちょっとでも動いたら死んでしまうから。じゃ、馬鹿なまねはしないこと!

ゼバスティアン　行ってしまうんですか?――どこへ行くんですか?

アレクサンドラ　あなたの命を救うために戦うのよ、あなた。

ゼバスティアン　でも扉はなくなっちゃってる!――それに窓だって!

アレクサンドラ　畜生、でも、それがまた開くようになったっていいでしょうが?

私たち次第なんだから。

（行きかける）

ゼバスティアン　アレクサンドラさん？

アレクサンドラ　はい？

ゼバスティアン　なぜそんなこと、してくれるんですか？　——そんなこと信じてなんかいないのに？

アレクサンドラ　あんたって子は、まったく絶望させてくれるんだから！　私の恋人はね、楽な思いをするのが嫌いなの。彼はね、爪を立て歯をむきだして自分に逆らってもらうのが、お望みなのよ。これは礼儀作法の問題なの。じゃ、またあとで。

（退場）

第三場

ゼバスティアンひとりきり。

もうひとつ別の、もっと早く動く時計のチクタクが、さまよっているのが聞こえる。

ゼバスティアン　（体を起こす）

だれだ、そこにいるのは？……ニーニヴェ？　それはぼくらの責任だ……

（ふたたび、くずおれる）

愛は弱虫に向いていない……アトランタ……水！……あつい……女王ニーニヴェ！――ファントムは火のなかをくぐりぬけることができる……ぼく行くよ……ぼくら、ぼくらの件をまずくしちゃった……原生林が燃えている……ぼくら、なにもかもぶちこわしちまった……ぼくは弱虫じゃない、ちがう……ぼくはファントムだ、ぼくは！　アトランタ……ニーニヴェ！……水！

第四場

ゼバスティアン、ヤーコプ・ネーベル。

ヤーコプ　（不安のため冷や汗をかきながら）ノートハフトさん、ひょっとしてお加減はもう、前よりずっとよくなられてはいませんかい？　ご迷惑にならなきゃいいが、と思っておりやす。あっしは自分のことが心底《しんそこ》心配なもんで。
ゼバスティアン　……ぼくは弱虫じゃない！
ヤーコプ　あっしもそう思います。前よりかはもう、ずっとお元気になられたようですな。そこでひとつ、なんとも厚かましいお願いをすませておきたいと思いますんで。例の紙切れが並べ合わされるまえに、恐れいりやすが、もう一ぺん元気になっていただけるものなら、とても都合がいいんですがね。このままだと、あっしは、かなり強力な理由から、自分の物質的幸福全般を心配しなきゃならなくなるんで。例の紙切れを比べ合わせようものなら、あっしにとっちゃ致命傷がぽっかり口をあけることになる。この身が暴力にさらされるのが、目に見える。ノートハフトさん、ここはひとつあんたの善意におすがりしやす。あっしを助けておくんなさい！
ゼバスティアン　（熱にうかされて、うわごとを言う）……ぼくら、なにをすべきなんだ？
ヤーコプ　（途方にくれて）ええ、あっしにもそいつがわからない。
ゼバスティアン　……逃げる？　――アトランタ、ぼくら逃げなきゃ！……

ヤーコプ　あっしがここにいるなんてことは、ずっと前から、あっしの内的要求には一致してねえんだ。それどころか、将来の利益なんかすっかり願い下げにしたってかまわない。そのかわりに、早いとここを退散させてもらえるんならね。髪の毛は刈られても首のあるほうが、髪の毛は刈られずに首がないより、いいですからな。要するに、あっしは厭《あ》くことなく突破しようとしている。だが、この超自然的なブタ箱から脱出するため、数知れぬほどあれこれ試みてはみたが、どれもこれも失敗つづき。すると当然こうお尋ねになるだろう。「ヤーコプや、おまえさん不幸な旅《たび》烏《がらす》だね。どうして、相続人たちの意見がまとまるほうに、希望をかけないんだい？」　あっしは苦笑しながら、こう答える。「『開け、ゴマ！』ってのは、あっしの場合どうしたって、『こん棒よ、袋からとびだせ！』になっちまうのさ」。この結びつきは絶望的だ！　だからあっしは、どうやってその結び目から逃れたものかって、思案してるわけよ。——あっしの言ったこと、わかってもらえたかな？

ゼバスティアン　いいえ。

ヤーコプ　とすると、あっしが理解されるなんて話は、もうこれまで。あっしは首をうなだれ、まっぷたつに裂けた割れ目をのぞきこむ。

（間《ま》）

ゼバスティアン　ヤーコプ？
ヤーコプ　え？
ゼバスティアン　ぼく知ってるよ、だれの責任なのか、ヤーコプ。
ヤーコプ　それには異議を申し立てる！　あっしは境遇の犠牲者なんだ！
ゼバスティアン　ぼくとニーニヴェ、つまりぼくらの責任なんだ。
ヤーコプ　そいつは、ぜひとも説明してもらいやしょう。
ゼバスティアン　ぼくら、仲たがいしちゃった。——だから、なにをやってもだめなんだ。
ヤーコプ　ねえ旦那、あっしには恋だの愛だのっていう神聖な話は、あんまりよくわかんねえ——教養ってものが欠けてるわけだ、残念ながら！——しかし、疑問ですなあ。ひょっとして旦那は、御身《おんみ》のプライベートな問題を、ほんのちょっぴり買いかぶってるのかもしれませんぜ？
ゼバスティアン　でも、そうなんだ。
ヤーコプ　失礼ながら、ちょいと待っておくんなさい。つまり旦那は宣誓供述者として主張なさるわけですかい？　もしも、旦那とあのお嬢さんとのあいだがもう一度──どう言えばいいのかな──くっつけば、なにかが変わるだろう、って？　ことによるとどこかの扉がもう一度開くかもしれない、って？　あっしの場合なら、ほんの小さな扉でもかまわない、って？　たとえば、背中をまるめて外へとびだせるような、そんな小さなものでも、って？──たしかに、この神経過敏な宿《エタブリスモン》じゃ、たぶんなんだって可能でしょうな。なにか試みても、面倒なことにはならんでしょう。敬愛する若き後援者である旦那、元気を出しておくんなさい。これまでにだってネーベルヤーコプは、たっぷりほかにも悪事をこなしてきたんですぜ！　ほら、ね、もうあっしの体に羽根がはえてますか？　これからあっしは弓と矢をたずさえて、獲物に忍びよる猟《ピルシュ》に出かけます。そのあいだ旦那は、ちょっと一服まどろんで、元気になっておくんなさい。目をさましたときにゃあ、あのお嬢さんが幻じゃなく実際に現われて、角砂糖のようにほほえみかけてくれることでしょう。

（退場）

第五場

ゼバスティアン。レーオ・アルミーニウス博士登場。博士は前よりもっと青ざめている。

アルミーニウス　私の言うことが聞いていられますか？

ゼバスティアン　急にどうして皆さん、ぼくに用事があるんですか？

アルミーニウス　私は、お助けしようと約束したので……

ゼバスティアン　ぼくを助けるなんて、もうだれにもできない。

アルミーニウス　……あなたを、そしてほかの皆さんを。私が自分の黙秘義務を無視して遺言の内容を公表すれば、です。だが私はそうはしないでしょう。ただあなただけには……私は打ち明ける用意がある。秘密厳守という条件で。それしか私は、してさしあげられない。

ゼバスティアン　ぼくだけに？　なぜ？

アルミーニウス　(どっと吐きだすように)恐ろしいことだから！　関係者全員が残忍に

愚弄されることだから！　相続人たちが私をズタズタにひき裂くだろうから！　私は、なんの関係もない馬鹿げたことのために、殉教者になる気などないから！　ラテン語の時間みたいに、途方にくれているから。

ゼバスティアン　不安なんですか？

アルミーニウス　私もまた弱い人間にすぎない！

ゼバスティアン　ぼくは弱虫じゃない！　ぼくは、怖くなんかない！

アルミーニウス　よし！　では見るとしよう。

（書類かばんから一通の書類をとりだし、読む）

「これは私の最初にして最後の意志である。天にも地にもおまえたち自身をおいて他にはだれひとり、おまえたちに与えることのできないものを、おまえたちに与えたい……」

ゼバスティアン　（われに返る）それはなに？

アルミーニウス　ジョークです！　エイプリル・フールです、それだけのこと！　全員の分《ぶん》を並べ合わせてみても、なにも出てこない！　まさに並べ合わせただけのこと！　自分で読んでごらんなさい！

ゼバスティアン　(体を起こして、苦労しながら読む)「……おまえたちはすでに受け取っているのだ、お互いの手を通して――でなければ、いまこうやって私の言葉を読むことはできないであろう――そしてまさにそのことこそが、本来の遺産なのである！」

アルミーニウス　愉快じゃないですか？　こんなことのために大騒ぎしてたわけじゃないですか？　さあ笑うんです！　なぜ笑わないんです?!

ゼバスティアン　(読む)「……おまえたちの知るところとなったこの秘密を欠いたままでは、私の財産はおまえたちにとって呪いとなるにちがいない。なにしろこれは、大いなる財宝であり、強大な力であり、多くを支配する権力であり、内密にして公然たるものであるのだから！……」

アルミーニウス　そうです、そうです。

ゼバスティアン　(読む)「……私はおまえたちにおめでとうと言おう！　黄金の鍵と黄金の錠、この両者は一体となっているが、それをおまえたちは自力で見いだしたのであるから……今度はおまえたちが、世間の人びとを客人として迎える番だ」

(熱にうなされて興奮しながら)これが遺言？

アルミーニウス　被相続人の自筆の写しです。照合用の。
ゼバスティアン　ここに書かれていることを皆さんに言ってあげるべきです！
アルミーニウス　私をリンチにかけるため！　だめです、善良な青年よ、だめです！　話す気があったら、もっと前に話すべきだったんだ、最初のうちにすぐに。いまじゃ遅すぎる。いろんなことが起きてしまったのだから。
ゼバスティアン　でもそうすることが……いちばん大事なことだ！　皆さんに感謝されますよ。
アルミーニウス　感謝？　私が皆に感謝されると、思うんですか？　この無責任な悪ふざけの遺言状劇にたいして？　私も一枚かんでたんですよ？　おお、あなたは馬鹿だ！
ゼバスティアン　（間《ま》をおいてから）ぼくが馬鹿だって、言いましたね。こういうことを理解するためには、もしかしたら馬鹿になる必要があるんじゃないかな。しかも全員が、これを理解する必要がある！　全員が、です！　みんなに話してください！
アルミーニウス　私には自制心というものがある！

ゼバスティアン　じゃ、ぼくがみんなに話さなきゃ。――

（呼ぶ）

こっちに来て！　みんな！

アルミーニウス　だまりなさい！　私を不幸に突き落とすつもりですか？　おまけに自分も？

ゼバスティアン　だれも聞こえないのかな？

アルミーニウス　あなた、秘密は守るって誓ったでしょう！　信頼を裏切るんですか！

ゼバスティアン　だれにも聞こえない。――どうか、皆さんを連れてきてください！　急いで！

アルミーニウス　いやです。

ゼバスティアン　じゃ、ぼくが探しにいかなきゃ……

（非常に苦労して起きあがり、不思議なことにまっすぐに立って、出ていく。公証人は邪魔をしようとするが、ゼバスティアンに恐れをなして、たじろぐ）

アルミーニウス　（ひとりきりで、写しを破っている）

すべてを否認することにしよう。私の責任を問うことはできないぞ。私はなにも言わなかったたし、遺言状の謄本もなかったのだ。

（下に落ちた紙片を拾い集める）

証拠が見つかっちゃまずい。——捨ててしまうんだ、だれにも見つけられないところへ。——そうだ、流してしまおう、汚水だめに！　そんなところに遺産があるとは思わないだろう！

（退場）

第六場

エーゴン・ゲーリュオン、エルスベト・ゲーリュオン。エーゴンは小さな帳面に書きこんでいる。

エルスベト　彼はここにいるって、男爵夫人が言わなかったかしら？

エーゴン　（書きながら）……ゴブラン織《タペストリー》、退色および腐敗によりだいなし……なにか言った？
エルスベト　彼はどこなの？
エーゴン　だれのこと？
エルスベト　エーゴン、いま私たちがほんとうに考えなくちゃいけないのは、かわいそうな若者を救うことよ。緊急事態だって、男爵夫人が言ってるわ。
エーゴン　それなら私はちゃんとしてるよ、エルスベト。遺言状の即刻開封に私は異存はないんだから。かわいそうな若者を救うことには、全面的に協力するよ。ところで疑いもなく、いまじゃ、ほかの連中も道理をわきまえるようになってるんだろうね。
エルスベト　つまり、もうこれ以上、分《ぶん》は買い集めないおつもり？
エーゴン　もう過半数は押さえたんでね。
エルスベト　何通？
エーゴン　七通。
エルスベト　どこから手にいれたの？
エーゴン　ネーベルさんからだよ。

エルスベト　でもあの人の分《ぶん》は、すでにもらっていたわけでしょう。ほかのは、どこから手にいれたの？

エーゴン　ネーベルさんからだよ。

エルスベト　おお、エーゴン、あの人は道徳とまったく縁のない人でしょ、前科者なのよ！　ほかのは、だれの分《ぶん》なの？

エーゴン　彼も言いたがらなかったし、私だって知りたくなんかないね！　私は自分の商売相手はまともであると、信じることにしている。

（書く）

……衣《カリアティード》をまとった女性像の柱、見分けがつかないほどやせおとろえている……

エルスベト　いったい、さっきからずっと、なにを書いていらっしゃるの、あなた？

エーゴン　損害を記録してるんだ。

エルスベト　ええ、恐ろしくひどいわ。

エーゴン　逆なんだよ、損害はそのまま現金になる。なんでおまえは死にかけのニワトリみたいな顔をして、私のことを見るんだね？　じつに当り前のことだろうが!!　締結した契約は、公証人に認定してもらった。すべてきちんと手続きをふんでいる。

エルスベト　それで、どのくらいの額なんですか？
エーゴン　一千万マルク。
エルスベト　おお、エーゴン、目がまわるわ。
エーゴン　よろしい、説明してあげよう、エルスベト。ご覧、ここに保険証書がある。ほら、みんな正式のものだ。成立した契約にたいして、私は会社の名前で、私自身に仲介手数料を支払う。

（右のポケットから一枚の小切手を取りだす）

ここに七万五千マルクの小切手。

（その小切手を左のポケットに入れる）

そのなかから私は会社に——会社の代表は私だが——千三百四マルクの金額を第一回目の掛け金として支払う。

（左のポケットから別の小切手を一枚取りだし、右のポケットに入れる）

そうすると私の手もとには七万三千六百九十六マルク残る。——これで五十六か月分の掛け金つまり約五年分の掛け金が支払える。安心したかい？　なにが起きるというのかね？　相続の件がうまくいけば、私は包括相続人になるわけだし、もしもうまくいかなければ――その場合は一千万マルクが私たちのものになる！　一千万マルクだよ、エリー！　どうだい、おい？

エルスベト　もしもこの宮殿が破滅すると、エーゴン、そのときは私たちもいっしょに破滅するのよ、私たちの一千万ともども！　私たちは囚われの身なのよ、あなた、お忘れになったの？

エーゴン　エルスベト！　私を信頼しているのかい？　私にどこか実直でない点があると、告発できるかい？　私のやり方が汚いと、だれかが非難できるかい？

エルスベト　いいえ、エーゴン。あなたの手はきれいよ。

エーゴン　私の手はきれいだ！　見なさいエルスベト、この手のなかに私の力があるのだ。私たち全員を救う力が。それ以上のことは、話すわけにはいかない。

エルスベト　だったら、エーゴン、このうえなにを待っているの？

エーゴン　好機の到来を。その時まで、おまえにはだまっていてもらわないとね、エルスベト。それも全員にだよ。約束するかい？

エルスベト　ええ、もちろんです、あなた。すっかり安心したわ。

（薬を一錠飲む）

第七場

エーゴンとエルスベト、それからアントーン・ブルト。

アントーン　失礼、どなたか、こちらで助けを呼んでおられたようでしたので。
エーゴン　いずれにしても私たちではないよ、ブルトさん。
アントーン　では、失礼いたしました。
（行きかける）
エルスベト　どうしたの、アントーン？　ひどく顔色が悪いけれど？
アントーン　ご親切にどうも、奥さま。疲れているだけでございます。はい、非常に疲れております。
エーゴン　ブルトさんは完全に不眠症なんだよ。
エルスベト　まあ、なんて恐ろしい！
アントーン　そうではございません、奥さま。手前のもろい力を食いつぶしている元凶とはなにか。それは、あまりにもたくさんの主人に同時に仕えねばならないこの状況なのでございます。旦那さま方は、おたがいにレボルバーの銃口のような眼で、にらみあっていらっしゃる。そしてこの悲惨な状況が、どのようなかたちであれ終わるという見込みは、ございません……

エルスベト　ああ、アントーンさん——前からずっと尋ねたいと思っていたのだけれど……以前のご主人——きっと一度くらいは私たちのことを話したはずでしょう？

アントーン　はあ。

エルスベト　つまりね、私たちのこと知ってたわけでしょう？

アントーン　奥さま、どなたのことをおっしゃっておられるので？

エルスベト　あなたの以前のご主人のことよ。

アントーン　失礼でございますが——その方はどういうお名前でございましたか？

エーゴン　フィラデルフィア、そうヨハネス・フィラデルフィアとかいったな。アントーン、どうして馬鹿なこと聞くんだ？

アントーン　どうも聞きおぼえのある名前のようで。

エーゴン　アントーン、いいかい、私が話している男は、この宮殿の持ち主だったんだよ！
アントーン　きっと勘違いなさっているのです。手前はこの宮殿に五十年以上まえから住んでおります。いつもひとりでございました。
エルスベト　エーゴン、気分が悪くなってきたわ。
エーゴン　よろしい、アントーン、君が狂っているのか、それとも私たちが狂っているのか、どちらかだ！
アントーン　考えさせてくださいませ。どうやら手がかりをひとつ思いだしました。
エーゴン　だったら頼むよ！　なぜ私たちをこんなに驚かすんだ？
アントーン　たしか手前にとりましてこの宮殿での最初の何年目かのことでございました……すばらしい、手前はこんなに些細なことまで記憶にとどめております。
エーゴン　さあさあ、どうか聞かせてくれたまえ。
アントーン　当時、手前は、ある古い書物でヨハネス・フィラデルフィアという名の紳士のことを読みました。手前の記憶が正しければ、それは、その人物とこの宮殿をなんらかのかたちで結びつける、古い伝説でございました。お申しつけいただければ、すぐさまその書物をさがしに参ります。

（間《ま》）

エルスベト　（エーゴンと顔を見合わせてから）さあどうぞ、かわいそうにアントーン、鎮静剤をさしあげるわ。一度ぐっすりお眠りなさい、そうすればすぐに元気な御老体にもどれるでしょう。

アントーン　奥さま、どのようなことでもお申しつけ通りにいたします。ですが、どうかご一考いただけませんでしょうか。この種の薬は手前には異常な効き目をもっております。

エルスベト　この錠剤は絶対にだいじょうぶ。主人も私も何年もまえから飲みつづけているのよ。

（錠剤を押しつける）

アントーン　（それを飲み、よろめく）

エルスベト　さあいらっしゃい、部屋まで連れてってあげる！

（彼の手をとる。ふたりは出ていく）

エーゴン　（ひとりきり。第三幕で帳面からひきちぎった、あのページを取りだし、読んでいく）

「……汝、清らかな両手で裸の石壁を打つならば、必ずや石壁は汝の眼前で開くであろう……」

そうか、わかったぞ。

（石壁のところへ歩いていき、それが目のまえで開くかどうか確かめようと、手をあげる。だが腕をあげたまま立ちどまる。決心がつかない。ゆっくりと手をおろし、後ずさりして壁から離れ、急いでポケットから小さな帳面を取りだし、ふたたび記入する）

重い銀でできた、アームが七本のろうそく立て――ろうのように溶解――あちっ！

熱いな、これは。

（書きながら出ていく）

第八場

アンナ・フェンリス。パウラ・オルムのものをほとんどすべて身につけ、パウラに手をひかせている。パウラは、アンナとは逆に、すっかり巻き上げられたようす。それにクラーラ・ドゥンケルシュテルンとアレクサンドラ・フォン・クサナドゥ。アレクサンドラは急いで、だれもすわっていない玉座の椅子のところへ行き、立ちすくむ。

アンナ　もうこれ以上、耳もとでがなりたてないでほしいね！

クラーラ　ですがフェンリスさん、いまだにあたくしたちの計画にこだわるというのは、故意に殺人を犯すことと、ほとんど同じなんですよ。

（アレクサンドラに）なぜ、もうなにもおっしゃらないんですか？

アレクサンドラ　遅すぎるのよ。

（玉座に腰をおろし、耳をかたむける）

アンナ　幸い、あんたたちふたりとも、いまさらここでガーガー鳴くことなんてないんだよ！

パウラ　ところでドゥンケルシュテルン先生、あたしは先生の言うことが、まるで理解できないわ。先生の計画だったわけでしょう、公平というのが、そうじゃない？

クラーラ　ああ神さま、あなたわからない？　人間ひとりの命がかかっているんですよ！

アンナ　ああ、そうだけど？　ひょっとして、あたしらのせいなのかい？　あたしらがあの若者を撃ったのかい？　ほかの連中があたしらの仲間になるだけでいい、それ以上はなんにも望んじゃいないんだよ。ひょっとしてそれが、道理をわきまえてないってことなのかい？　いいや、ちがう。それは不正なことなのかい？　いいや、ちがう。それは実行できないことなのかい？　いいや、ちがう。だったらそうしてもらおうじゃないか！

クラーラ　正しいだけでは、いまいましいことに、ほとんどなにも得られない状況、というものがあるのです。

パウラ　（不安になって）フェンリスさんの言うことに、いちいち口をはさまないでよ！

アンナ　ディンケルシュテルン先生、あんたにひとつ言っておきたいことがある。あれこれ指図ができるのはね、いつの時代でも、ほかのみんながおとなしく従わざるをえない人間のことなんだ。で、それがあたしなのさ。あたしは例の紙切れをもっている。で、あたしは、あたしの都合のいいように、それを使う。あたしの言ったこと、わかってもらえただろうね。

クラーラ　それは無茶苦茶だわ！　――あたくしたちの結びつきは、解消されたもの

　とみなします！
アンナ　あたしらは、先生が抜けたって困りゃしないさ、そうだろ、パウラ？
パウラ　ええ、フェンリスさん、嘘じゃないわ！　どっちにしても虫が好かなかったんだから、この馬鹿な人のことは。
クラーラ　あたくしの分《ぶん》を返してください！
アンナ　ああ、もちろん、いくら待ってもむださ！
クラーラ　(体をふるわせながら)そんな権利《レヒト》はないはずです！
アンナ　聞いたかい、パウラ、あたしらには権利《レヒト》がないんだってさ。
パウラ　(クラーラをまねて)正しい《レヒト》だけだと、いまいましいことに、ほとんどなにも得られない状況、というものがあるのです。
　(アンナとパウラが笑う)
クラーラ　それは——それは犯罪的だわ！
アンナ　へへえ、聞こえたかい、パウラ？　お利口な先生が無礼にもなってきたよ。
パウラ　まったく恥知らずよね、フェンリスさん！
アンナ　一発ぶっておやり、パウラ！

パウラ　（驚いて）あたしが？
クラーラ　そんなことしないでしょう、オルムさん。
アンナ　まだやらないのかい、パウラ？
パウラ　あたし――あたしそんなこと、できないわ、フェンリスさん……
アンナ　一発ぶっておやり！
パウラ　ごめんなさい、先生！
（彼女をなぐる）
アンナ　ディンケルシュテルン先生？
クラーラ　けだもの！
アンナ　あんた、紙切れがほしいんだろ、え？
クラーラ　あたくし、それを要求します。
アンナ　そうかい――もちろんやるよ。つまりさ、それはあんた次第ってことさ。ほしいかい？　全部？　パウラのもあたしのも？
クラーラ　ええ、もちろん。
アンナ　じゃ、あんたがパウラを一発ぶつんだ！

クラーラ　そんなことしませんよ。あなた——あなたって、化け物だわ！

アンナ　そうだよ、もちろんあんたが高貴な人間なら、だれも手出しはできないけどさ。

クラーラ　ほかの人たちに助けを呼びます。あなたから分《ぶん》を取りあげるのです。必要なら、腕ずくでも。

アンナ　恥を知りなさいよ、ドゥンケルシュテルン先生！　それはそうと、見つかりっこないんだよ、紙切れは。隠してしまったんだからね、とってもいい場所に。でもあたしは、あんたに渡すよ。あんたはパウラを一発ぶつだけでいい。そうすりゃ、きっと渡しますよ。

クラーラ　申し訳ないけど、パウラ、あたくしたちの品位より、これはもっと大切な問題ですから。

パウラ　そんなこと、させないわ！

（クラーラがパウラをなぐり、パウラは大きな悲鳴をあげる）

アンナ　そう、お利口さんだ。あんたたちはあたしの言う通りにしていりゃいい。そうすれば、あたしも、あんたたちのこと嫌いじゃなくなるから。

クラーラ　さあ、分《ぶん》をこちらへ！

アンナ　分《ぶん》？　分《ぶん》とかいうもの、あたしは全然知らないよ。

クラーラ　おお神さま！　いったい全体、あなた、どうしちゃったんです、アンナ？

アンナ　実際こんなこと信じるもんじゃないんだよ。ひとりの人間がどれだけ馬鹿にふるまえるものか。先生、あんたはあたしが単純だと思っている。だが、あたしはそうじゃない！　あんたは遺産のことや、この空騒ぎを全部、ほんとうだと思っている。だが、あたしはそうじゃない！　あんたにはっきりと言ってやる時がきた！　一生涯あたしは、いわゆる他人《ひと》さまの親切というものに頼ってきた。だがこれからは、ドゥンケルシュテルン先生、だがこれからはちがう。これからはあんたたちが、いやでもあたしの笛で踊るんだよ。なかなか結構なことじゃないか！　あたしに言わせりゃ、この状態がこのまま続くことに異存はない。これからあたしは、ベーコンにたかった蛆虫《うじむし》みたいなご身分で、しかもまだまだ腹一杯にはなっちゃいない。

（間《ま》）

クラーラ　（打ちひしがれて）あたくし――あたくしはただ最善を望んだだけなんです――皆さんのために。いったい、あたくし、なにをしました？

アンナ　で、おまえ、パウラや、おまえは頭が弱いんだから、あたしの言うことを聞くよう勧めるよ。でないと、おまえには、なにひとつ残らないからね。さて、あんたたちはおとなしくあたしのそばにいて、馬鹿なことは考えないでもらいたいね。ふたりともだよ。そこで、お願いしようか。いっしょに歌をうたうんだよ。——そうすりゃ、あんたたちの声が聞こえるからね。

パウラ　歌をうたう？

クラーラ　いやです！

アンナ　いまにわかるよ、パウラ。ドゥンケルシュテルン先生、どんなに歌がお上手か。とても賢明な方だからね。あたしはなんにも心当りがないが、紙切れとかいうやつを先生はご所望だし。だがひょっとすると先生はそいつを手に入れるかもしれないね——けっこう上手にうたって、奇跡が起きてさ。

クラーラ　（かすれた声でうたいはじめる。パウラもそれにあわせる）

三羽のガチョウ、カラスムギの麦藁のなかに
すわって、ご機嫌だった、
そこへ百姓やって来た、

ひょろ長い棒を手にもって、

「おめぇ、だれさ、おめぇ、だれさ？」と呼びかけた。

三羽のガチョウ、……

（歌がふたりの唇から消える）

第九場

第八場の人物。マルクス・シュヴェーラーが打ちひしがれたようすで、ゆっくり入ってくる。意識を失ったゼバスティアンを腕にかかえている。シュヴェーラーは、だまってまわりを見まわす。アレクサンドラが立ちあがる。静寂。はやく時を刻む、異なった二つの時計のチクタクが、ふたたびあたりをさまよう。シュヴェーラーはゼバスティアンを用心深く長テーブルに寝かせる。

シュヴェーラー　こんなことするつもりじゃなかった……いいや、こんなことするつもりは絶対になかった……

（アレクサンドラがゼバスティアンのほうへ行く）

ゼバスティアン　（うわごとで）まだ女王が……君たちの頭上にはこんな吹き出しがある……たくさんの……でもぼくには読めないよ、なんて書いてあるのか……君たち、なんて言ってんだい？

シュヴェーラー　撃つつもりじゃなかった……ほんとうには。

アレクサンドラ　私の銃はどこ？

シュヴェーラー　知らない。わがはい、もう銃には手をふれるつもりはない。

ゼバスティアン　そこにはなにかあったんだ……とても大事なことだった……秘密の言葉だった……そこの壁に……これも、そういうのだ！

シュヴェーラー　（自分の分《ぶん》をポケットから取りだし、ゼバスティアンににぎらせる）ほら、これは君のだ。

ゼバスティアン　なんです？

シュヴェーラー　君の分《ぶん》だ、戦友、君の分《ぶん》なんだよ、それは。わがはいからのプレゼントだ。わがはいには、もう用はない。

ゼバスティアン　遺言だ！　いま、思いだしたぞ。みんなを連れてきて！……みんなを！

アレクサンドラ　急いで！

シュヴェーラー　（走って出ていく）

第十場

第九場の人物。シュヴェーラーはいない。ニーニヴェがヤーコプといっしょに来る。彼は彼女を前に押して、自分は入り口のそばに立ったまま。

ニーニヴェ　ゼバスティアン。あなたにはすっかり説明するつもりよ。でも、あなた理解できないと思うんだけど。

ゼバスティアン　ぼくは理解できない、そして君は説明できない。

ニーニヴェ　（突然決心して）ゼバスティアン、あなたが正しかったの。私があなたに嘘をついたのは、ただ、あなたの分《ぶん》がほしかったからなの。

ゼバスティアン　（うなずく）真実なんだね。あのフランス語、どんなだった？

ニーニヴェ　モン・セル・デジール。
ゼバスティアン　(間《ま》をおいて)
　ほら、やっぱり君をおんぶできなかった。
ニーニヴェ　私、私たちふたりの分《ぶん》をもってきたの。
ゼバスティアン　(だまってそれを受け取る)
ニーニヴェ　なんにも言わないのね、ゼバスティアン。——もしかしたら、あなた、これはそっくり同じじゃないと思っているのね。私ですら、同じではないと思ってるわ。でも似たようなものなのよ、そうは思わない？　どっちだって変わりないわけでしょ。
　(絶望的に)私、どうすればよかったのかしら？　あなたに証明するために……
ゼバスティアン　ぼくがだれだか、知ってるかい！　教えてあげよう。
　(ささやく)原生林の主《ぬし》。それがぼくだ！
　(勝ちほこったように、うなずく)
　ぼくは火のなかをくぐりぬけることができる。
　(小さな声で笑う)

ニーニヴェ　私のこと笑っているのね？

ゼバスティアン　ねえ、ほんと言えば……ぼくらまだ一度もキスしたことがない。

ニーニヴェ　（彼にキスする）

（家がどんどん輝きを増しはじめる——ただしそれは熱をおびた病的な光である）

ゼバスティアン　ぼくと君……ぼくらは強いんだ……ぼくらはみんなを救うだろう……ぼくはファントムから伝言をことづかっている……ぼくのそばにいて、アトランタ、行かないで、けっしてもう……

ニーニヴェ　ええ、ゼバスティアン——けっしてもう……

第十一場

第十場の人物。それにシュヴェーラー。彼のあとをエーゴンとエルスベトがアントーンといっしょに。アントーンは呆然としている。

シュヴェーラー　（ゼバスティアンのところへ行く）

全員そろった。

ゼバスティアン　ぼくの頭上にはいま、小さな雲も浮かんでいる……でも、すっかりからっぽだ。言っておかなきゃならないことがある。

（体を起こす。ニーニヴェが彼をささえる）

ぼく、遺言状に書いてあること、知ってるんだ。公証人さんに見せてもらった……あの人にはわからない……あの人、みんなのことを怖がっている……これはじつに簡単なことだから！……もしもぼくらみんなが自分の分《ぶん》をテーブルに並べ、だれもがおたがいに不安をいだかず信頼しあって助けあうなら……すでにそれが、ぼくらへの遺産なんだ！……それだけだよ。――大きな遺産だよ。――さもないと、残りのすべての財宝によって、ぼくらがぶちこわされる……みんなにはわかる？……特別なことをする必要はないんだ……でも、みんながわからなきゃならない……そうすると簡単になる……じつに簡単……子どもの遊びみたい……

ニーニヴェ　（頭をゼバスティアンの顔のそばに寄せ、そのままじっと動かない）

（突然うめき、宙をつかみ、後ろに倒れる）

アレクサンドラ　（彼の眼をやさしく閉じる）

アントーン　(夢遊病者のように、燃えている燭台を二つ手にとり、テーブルのうえに横たわっているゼバスティアンの足と頭のところに置く。それから、はうようにして玉座まで行き、そのうえにくずおれ、眠りこむ)

エルスベト　(泣きはじめる)おお神さま、こんな好青年が！

エーゴン　幸福な死だ。

クラーラ　(シュヴェーラーに)この人が死んだこと、頭から離れませんよ、将軍。

アンナ　人殺し！

シュヴェーラー　(その場にいる者たちのほうに向き、みんなの顔を順番にながめてから首をたれる)

よし。――こうなると思っていた。――贖罪のヤギは荒野に追いたてられる。――わがはいが責任をとる。

(肩章をひきはがす。すすり泣かんばかり)

だが、ひとつだけ言っておく。罪ある者はだれなのか、あんまり簡単に考えんようにな！　引き金に指をかけていたのはわがはいだが、弾は、あんたたちみんなで撃ったんだ、みんなで！

（わきへ行く）

（間《ま》）

エーゴン　じつに感動的ですな。だが、この子どもじみた芝居は、その青年が最期の瞬間に思いついたものですよ。

アンナ　あたしは信じるよ。

エーゴン　本気で？

クラーラ　よりにもよって、あなたが？

アンナ　どっちにしてもあたしは知ってた。遺言状のことなんて全部いかさまなんだよ。

エーゴン　では異存はないでしょうな。死人がにぎっている三通の分《ぶん》を、この私が――代理人となってあずかりますが。

アンナ　だれひとり手を触れるんじゃない！

エーゴン　善良なあなたが、なにをおっしゃる！

アンナ　許さないよ。それにあたしのこと、善良だなんて言わないでおくれ。パウラ、その紙切れ、こっちにもってきな！

エーゴン　そんなこと、させないぞ！
クラーラ　紙切れは、だれの手にも触れられてはなりません！
アンナ　あんたは、だまっとくれ！
エーゴン　どうかお願いします、皆さん！　死者の面前です、もうすこし慎みを！
パウラ　男爵夫人——なにしてるの？
アレクサンドラ　（燭台のまえで）
　私の分《ぶん》を燃やしているのよ、ほら。
エーゴン　気でも狂ったんですか？　そんなことすると、遺言状を並べ合わせる見込みが、まったくなくなるじゃないか！
アレクサンドラ　そう。それが私の狙いよ。
クラーラ　おわかりでしょう、男爵夫人、そうなれば、あたくしたち全員がこの牢獄から出られなくなってしまうんですよ？
アレクサンドラ　よくわかってるわ。
エーゴン　いまいましい！
アレクサンドラ　（平然と）これだけのことが起きてしまった以上、いまいましいのは、ただひとつ、ハッピーエンドってこと！　私、悲劇なんて嫌いだから撤回してしまいたい。いいえ、皆さん、なんとも下劣なこの状態から私たちを救いだせるのは、いまとなっては、まっとうな地獄堕ちだけ。だから——私たちの話の作者がだれであろうと——退路を断ってやりたいのよ。作者が中途半端な人間愛から私たちに慈悲をかけ、最後から二番目の幕で私たちの悲嘆劇を笑劇《ファルス》に変えてしまって、そうやって私たちがほんとうに耐えがたいほどの笑い物にされるまえに！　善良な皆さん、私は撤回なんて望まない！　その程度のまっとうな感覚は、まだなくしちゃいないから。あなたたちの考えなんか問題じゃない。

エルスベト　まるでなにかの芝居のような演説だこと。でも、ここでは私たちの命がかかっているのよ！

アレクサンドラ　善良なあなたは、もしかすると芝居ってものを、あまりにも貧弱に考えているのかもしれない。

エーゴン　よしなさい、エリー。男爵夫人は私たちを驚かせるために、夫人お得意の冗談をひとつ披露しただけなんだ。たったいま厳かな顔をして燃やされたのは、なにか別の紙切れで、夫人の分《ぶん》じゃない。ご覧のように、男爵夫人、あわれにも死者となった友人の手には、三通にぎられてる。幸運にも私は七通もっている。これでもう十通です。それとも、あなたの計算では、十一通になりますかな？　ぴったりです、ね？

アンナ　この男は嘘つきだ！

エーゴン　なにをおっしゃる！

アンナ　あんたが何通もってるか、あたしはちゃんと知ってるんだ。一通ももっていないんだ！

エーゴン　あなた、頭がおかしくなりましたな！

アンナ　あたしたちが七通もっているからさ。三通はその若者。で、十通になる。ぴったりだよ、社長さん、どうだい？

エーゴン　とんでもない！　だったら、もう十七通になる！

アレクサンドラ　私のを忘れないで。十八通よ！

クラーラ　お嬢さんに尋ねてごらんなさいよ。死人に渡した二通は、だれからもらったのか！

エーゴン　ネーベルくん、どこへ行く？

ヤーコプ　はばかりながら、あっしは――あっしは、ちょっと空気が吸いたいんで。

エーゴン　ニーニヴェ――あれはこの人からもらったのかい？

ニーニヴェ　（うなずく）

エーゴン　この紙切れは全部、にせもの？　とすると私は包括相続人――ではない？

クラーラ　（ヒステリックに笑う）

じゃ、あたくしたち全員がだまされてたのね。でも、あなた、アンナ、あなたが最大の被害者だわ。

エーゴン　説明してもらおうか、ネーベルくん！

ヤーコプ　そう単刀直入に切りだされちゃ、社長さん、すっかりうろたえちまう。これまであっしは、どちらかといえば婉曲な尋問になれているんで。偽造にかんしちゃ、自分のは本物でもってますから、合計十九通。

シュヴェーラー　（ヤーコプにとびかかってなぐり倒し、全部のポケットから、にせの紙切れを取りだす）

エーゴン　ちょっと将軍、およしなさい！　本物とにせものの区別ができるのは、この男だけなんですから。

ヤーコプ　（やっとのことで体を起こす）

この男には、もうそんな気はありませんぜ。むしろ、自首して牢屋にぶちこまれ、保護検束のご身分となって、傷口をなめるでしょう――そのうち、旦那衆がすり寄ってきて、この男にひざまずくんだ。「ヤーコプくん、われわれがやったことを、どうか許してくれたまえ――君がいないことには、手も足も出ないんだよ！」するとあっしは、サッと自分の穴からとびだすんだ。鳥蜘蛛《タランチュラ》のように黒くて、ゴワゴワした毛で、脂《あぶら》でコリコリしててさ。そして、旦那衆の吠《ほ》え面《づら》を笑ってやるのさ！

第十二場

第十一場の人物。公証人が、顔面を蒼白にしてガタガタふるえながら入ってきて、扉をパタンとしめ、喘《あえ》ぎながら扉に身をもたせる。

アレクサンドラ　公証人さん、ちょうどいい時にいらっしゃった。

アルミーニウス　なにかご用ですか？

アレクサンドラ　ほんとうのことを教えて。掛け値なしのほんとうのこと、ただそれだけを。
アルミーニウス　私はなにも知りません。
アレクサンドラ　お待ちなさい。――私たちの友人ゼバスティアン・ノートハフトが死んだのよ。
アルミーニウス　(気づかれないように、ほっとひと息ついて)死んだ？
アレクサンドラ　死ぬまぎわに言い残したことがあるんだけど、それがほんとうかどうかは、あなたしか証明できない。
アルミーニウス　私が？
アレクサンドラ　公証人さん、あなた、彼に遺言の内容を教えたの？
(喘《あえ》いでいる公証人を、みんながとりかこんで半円ができる。駆りたてられたように公証人はみんなの顔を順にながめる)
アルミーニウス　内容をどうやって私が知るというのです？　とんでもない！
アレクサンドラ　死者の名において、公証人さん、誓いますか？
アルミーニウス　誓います！

（突風がうなりをあげて扉をサッと開く。何百万枚もの分《ぶん》が吹雪のように渦巻いて吹きこんでくる）

幕

第五幕

明かりが消えている。宮殿は燐光を発している。広間の光景は地獄と化している。壁や柱は傾き歪んでいる。あらゆる材質がボロボロになっている。衣をまとった《カリア》女性像《ティード》の柱や肖像画は変容して、ミイラや骸骨になったり、渋面《しかめっつら》をしている。静かで、むんむん照りつけるように暑く、息苦しい。

前幕の最後に舞った謎めいた紙吹雪の紙片が、すべてをおおっている。

壁龕《ニッチ》には、すり切れたカーテンでわずかに体をおおわれたゼバスティアンが、安置されている。彼のそばにはニーニヴェがすわり、すっかり石のようになっている。

玉座の椅子にはアントーン・ブルトが、かぶさるようにして眠っている。

登場してくる人物たちは、幽霊のような姿になっている。顔は石灰のように白く、衣服は蜘蛛の巣。

第一場

アントーン、ニーニヴェ、ゼバスティアン。クラーラ・ドゥンケルシュテルンが急いでとびこんでくる。両手いっぱいにもった紙切れを、巨大なパズルでもするかのように並べはじめる。

クラーラ　……あたくしたちを救うの……あたくしたちを救うの……こうだわ！……それから、こう！……あたくしひとりで、すべての責任をとります……これを全部どうしても並べ合わせなくては……広い場所がいるわ……床も全部……部屋も全部……階段も全部……屋根裏部屋のところまで……世界全体が必要だわ！……そして、こう？……合わないわ！……もしかしたら別の場所かしら？……ほら見つけた……さがすだけでいいんだから……熱心にね……あたくしたちを救うの……

（さがしながら、離れていく）

第二場

第一場の人物。もう一方の側からアルミーニウス博士。ほうきと大きな袋をもっている。

アルミーニウス　（クラーラの後ろ姿をながめて、小声で）

急げ！　かたづけろ！

（彼女の並べた紙切れを掃きあつめ、袋につめこむ）

……私の偽証をさがしているのだな！……だがそんな証拠は渡さんぞ……

（よろめく）

もうだめだ！……地獄の窯《かま》焚《た》きみたいに、つらい仕事だ……この化け物みたいなクズで、宮殿の窯という窯に火をかき起こすんだが、クズたちめ、いっこうに減らない……何百万枚もの起訴状となって、私を窒息させる気だな……私はシシュフォスだ！　――しいっ、だれか来る！

（逃げる）

第三場

第二場の人物。エーゴン・S・ゲーリュオンとエルスベト。

エーゴン　（中にとびこんできて、自分がもっていた分《ぶん》をまきちらす）なくなってしまえ！　なくなれ！　なくなれ！

（ひきちぎった紙切れを足で踏みつける）

エルスベト　（手をよじらせて）エーゴン、お願い、私たちの分《ぶん》をどうしようっておっしゃるの？

エーゴン　いま背水の陣をしいたのだ、もはや退路はない！　いまにきっと保険金がおりるはずだ、それも全額！　この家の壊滅はもう、はばめない。

エルスベト　もう息ができないわ！　この熱さ！　窒息する！

エーゴン　一千万マルクのことを考えろ！

エルスベト　みんな不安で、分別がなくなっているのよ！　おたがいに殺しあうのを、じっと見ていられないわ。

エーゴン　みんなが攻撃しあうことなど、私は望んだりしなかったぞ、けっして。だがこうなっては、どうすることもできない。みんながもっとひどいことをするなら、私が全員を救える瞬間も、それだけ早くやってくるだろう。

エルスベト　おお、エーゴン、そんなことほんとうにできて？

エーゴン　(死の不安につつまれて、どなる)おまえが士気をそぐのなら、どこから私の力と自信がわいてくるというんだ？　裏切りだ！　敗北主義だ！　最後の決定的な段になって、突然、裏切るのか！

(打ちひしがれて)私がもはや安全な場所に逃げおおせることができずに、おまえたちを運命の手にゆだねたとでも、思うのかね？　私は、そうはしなかった。

エルスベト　おおエーゴン、私、気が小さかったわ。こんなに恐ろしい気持ちで待つなんて……もっと早く終わりが来るように、なんにもできないのかしら？

エーゴン　いや、エルスベト、私は手出しをしてはいけないんだ。私の手はきれいなままにしておかねば。だが、エリー、おまえなら！　おまえさえその気になれば、みんなのおたがいの憎しみをかき立てることは、大いにできるぞ！

エルスベト　でもそんなことしたら、犯罪でしょ！

エーゴン　（疲れはてて）ああ、おまえってやつは、全体を見るってことができんのだな。おまえの助けは借りない。

（行く）

第四場

第三場の人物。エーゴンはいない。

エルスベト　（用心しながら壁龕《ニッチ》に近づく）

ニーニヴェ？　――あなた、聞こえる？　――こんなとこにずっとすわっていても、なんの役にもたたないわ。　――ニーニヴェ、なに待っているの？

ニーニヴェ　（突然母親のほうに顔をむけ、おだやかに言う）自分が泣けるようになるのを待っているの。

エルスベト　あなたの悲しみは、もう十分にわかっているのよ。

ニーニヴェ　泣けるようにならないと、死ぬしかないわ。
エルスベト　ひとつ言っておくことがあるの。ちゃんと聞いてる？　お父さんが私たちを救ってくださるのですって！　脱出の道を知ってるんですって。そのことは私、前からわかってたのだけど。
ニーニヴェ　(体をこわばらせて)そのことは前からわかってた、ですって……
エルスベト　ええ、考えてもごらんなさい！　私たち、ほんのちょっと待つだけでいいのよ。そうすると大金持ちになるの。あなたなんか想像もつかないほどの大金持ちに。
ニーニヴェ　その気になれば、お父さんとお母さんは、ゼバスティアンを救うことができたのね――それなのに、そうはしなかった！
エルスベト　ああしかならなかったのよ、あなた。
ニーニヴェ　そしてお母さんは、最初からそのことがわかってたわけ？
エルスベト　お父さんから口止めされていたのだもの。
ニーニヴェ　どうしてそんな男の言うこと、聞いたの？
エルスベト　あなたが、私たちの言ったとおりに、いつもしてたのなら、こんなにひどい災いは避けられたでしょうに。

ニーニヴェ　（ゆっくり）みんながこの家を出ていくとき――そのときお母さんはもう、その場にはいないでしょう。お母さんはね！

（立ちあがり、トランス状態におちいったようにエルスベトのほうにむかう）

エルスベト　ニーニヴェ！　どういうことなの？　まさか、あなた……私は母親ですよ！　あなた、正気になりなさい、あなたは……助けて！　助けて！　助けて！

（逃げる。ニーニヴェがそのあとを追う）

第五場

アントーン、ゼバスティアン。シュヴェーラー将軍が登場し、あたりを見まわしてから、アントーン・ブルトのほうへ行く。

シュヴェーラー　（小声で）まあ聞いてくれたまえ、戦友！　わがはいをここから連れだしてくれ！　お礼になにを望む？　――さあ、さあ、わがはいにはなにも隠せんぞ。

(アントーンの頬を軽くたたく。アントーンはなにかブツブツ言う)

あんた、だれも見張ってない瞬間を待ってるんだろ、え？　このキツネの巣からの抜け穴みたいなのを知ってるんだろ。なんのために、ずうっと死んだ虫けらみたいなふりをしているんだ？

(アントーンをゆさぶる)

よし、わかった。わがはいは急がん。あんたがここを出るとき、わがはいもいっしょだ。最後の審判のときまで、戦友よ、われわれはずっといっしょだ。

(玉座の段に腰をおろす)

第六場

第五場の人物。クラーラ・ドゥンケルシュテルンがふたたび中にとびこんでくる。

クラーラ　だれがあたくしの紙切れにさわったの？　だれがまた、全部をゴチャゴチャにしたの？

（突っかかるようにシュヴェーラーのほうに歩いていく）

あなたね！　人でなし！　卑劣な犯人！

シュヴェーラー　なんのことか、さっぱり見当がつかん。

クラーラ　でもあたくし、どうしてもこの分《ぶん》を全部並べ合わせるわ。だれも手伝ってくれないから、あたくしひとりで。泣き言はよしましょう。けれども、まあ、あたくしがいくら並べても、また全部メチャメチャにされるんだから――

（床にうずくまる）

いいわ――もう一度最初からはじめましょう……

第七場

第六場の人物。アレクサンドラ・フォン・クサナドゥ登場。今回は、チカチカ光るスパンコールの衣裳を身につけ、脇に馬の首をかかえている。

アレクサンドラ　私の馬、見つけたわよ。

クラーラ　それが――あなたの馬？

アレクサンドラ　ほら、ここにまだヒョウの歯形がついているでしょう。あのとき百合《リーリエ》は私の命を救ってくれたのよ。――私のすてきな娘《こ》、ビロードの口をした娘《こ》……

シュヴェーラー　手に負えんね、あんたっていう人は、男爵夫人。

アレクサンドラ　ドゥンケルシュテルン先生、なになさってるの？

シュヴェーラー　われわれを救おうとしてくれてるんだとよ。

アレクサンドラ　お手伝いしましょうか？

クラーラ　あたくしの紙切れ、踏まないで！　あっちへ行ってちょうだい！

シュヴェーラー　男爵夫人、また着替えられましたな！

アレクサンドラ　この衣裳はいつもフィナーレに着ていたの。

シュヴェーラー　どういうつもりだ、この猿芝居は？　どうやってくたばろうが、まったく同じではないか。

アレクサンドラ　あなた方にとってはね。

（立ち去ろうとするが、彼女の入ってきたアーチが、第七場のあいだに音もなく閉じて、消

えてしまっている。石壁をなでてから、小声で言う。希望にあふれんばかりに）
ははあん、いよいよこれからなんだな——お祭りは？

第八場

第七場の人物。アンナ・フェンリスが息を切らして、よろめきながら入ってくる。

アンナ　助けて！——助けておくれ！……あいつ、私を殺そうとしてるんだ、あのパウラが、私を殺そうとしてるんだ……だれもいないのかい？

（癒着してしまった扉を手探りする）

……ここはどこなんだい？……もう、さっぱり勝手がわからない！

パウラ　（まだ舞台裏で。荒れ狂いながら）アンナ！　アンナ！　きっと見つけてやるから、アンナ、たとえ地下にもぐりこんだって！

アンナ　もうやって来た！　もうだめだ！

パウラ　（ものすごい勢いで、とびこんでくる。両手にロープをもって）

とうとう捕まえたわ！

アンナ　あたしのせいじゃない……ほかのやつらのせいだ……ディンケルシュテルン先生のせいだ、あいつが企てたことだよ、文句はあいつに言っとくれよ……

パウラ　だめ、アンナ、あんたがもってるんでしょ、さあ返してよ！

アンナ　だが、ほら、お嬢さん、そんなもの、もうなんの役にも立ちやしませんよ、あたしが返したとしてもね。例の紙切れなんて、いまじゃ二束三文で……

パウラ　あたしの分《ぶん》がほしいんだ！

アンナ　あんな価値のないものに、どうしてまたご執心なのかね……

パウラ　返しなさいよ、アンナ！

アンナ　返したくっても、返せないのさ。ほんの一瞬でも、もってたいんだが、ないんだよ。ともかく、だめなのさ。あたし自身にとってもメチャクチャな話なんだが……

パウラ　あれをどうしたっていうのよ？

アンナ　どうした？　どうしたんだろうね？

パウラ　あれをどうしたのか、言いなさい！

アンナ　どうしようもないんだよ、パウラ、あんたに言ってもさ……
パウラ　思い知らせてやる！
（アンナの首をロープでしめる）
アンナ　やめて……言うよ……なにもかも言う……こうなっては、ほとんどなにもかもおしまいなんだ。
パウラ　あれをどうしたっていうのよ？
アンナ　食べちまったのさ。
（間《ま》）
パウラ？——パウラ、なんでなんにも言わないんだい？——あたし、そんなつもりはなかったんだよ。最初のうちはね。だが、あたしも、みんなと同じように、自分の人生ってものを一ぺんもってみたいと思ったのさ。パウラ——パウラ、あんたはさっぱりわからないだろう？
パウラ　ちゃーんとわかるわ。——あたしは、あんたにだまされていたのよね。それなのにあたし、あんたの言うこと信じてた！　そしてあんたはあたしのこと、おなかのなかで笑ってた。みんながあたしのことを笑ってた。でもねえ、アンナ、そんなことしたって一文の得にもならない。あんたも、それに、ほかのだれだってよ！あんたたちから笑いが消えるよ！　これからあたし、行って、家に火つけてやる！火つけるくらい、だれの助けもいらないわ！

（走り去る。つぎの第九場のあいだに、その扉も癒着してしまう。アンナは横たわったまま）

第九場

第八場の人物。パウラはいない。エーゴン・S・ゲーリュオンがやって来る。

エーゴン　だれですか、こんなに恐ろしい声で叫んでいるのは？

クラーラ　あたくしのこと見てらっしゃるの？　――あたくしの計算は正しかった。徹底的に考えを練ったものですからね、ほんとうに。ですがあたくしたちは、もう一度よく調べてみなくてはなりません。どうしても誤りは発見して、線を引いて消すしかありません。――どうしてもあたくしたちは、線で消されるしかありません！

アントーン　（眠ったまま、突然はっきりと、しかも奇妙に変質した声で、話しはじめる）お知らせいたします！　――お知らせいたします！　最後のメッセージでございます――皆さまへの！

エーゴン　御老体のアントーンが！　喋っているぞ！　目をさましたのか！

アントーン　この老人には触れるな！　自分の口で言っていることを、この老人、なにひとつわかっておらんのです。おまえたちが体に触れようものなら、この声は沈黙せざるをえない……

エーゴン　アントーン、喋るのを禁じる！　まだ早すぎる！　なにもかもぶちこわすのか！

シュヴェーラー　御老体がなにを話そうとしているのか、あんた、どうして知っているのかね？

エーゴン　秘密は喋るな、アントーン！

アントーン　（大声で）耳があるのに、おまえたちは聞かない――目があるのに、おまえたちは見ない――だからいま、眠っている者がおまえたちに語らねばならぬ。石たちが叫びはじめたとき、ようやくおまえたちは見るにちがいない、聞くにちがいない。だがそのときにはすでに、おまえたちは聞くことも見ることもできなくなっているだろう……

シュヴェーラー　(叫ぶ)教えてくれ、どうやったらここから出られるのか!

エーゴン　だまっていろ、アントーン、命令だ!

シュヴェーラー　喋るんだ、アントーン、命令だ!

エーゴン　(アントーンにとびかかる)

だめだ!

アントーン　(ブップツつぶやく)だれひとり白告《はくこく》は可許《かきょ》悪くししつこくく……

シュヴェーラー　おしまいだ。——なんてことしてくれたんだ、おい!

(エーゴンをグイとつかむ)

なにを話してはならないのだ?

エーゴン　(ヒステリックに)なにするんですか、将軍、気違いざただ!

第十場

第九場の人物。エルスベトがとびこんできて、エーゴンにしがみつく。

エルスベト　エーゴン！……助けて！……扉が、宮殿じゅうの扉が……そしてニーニヴェが、ああ天にまします神さま、うちの娘《こ》が、あなた、私を助けてくださらなくては、どうか助けて！

エーゴン　扉がどうした？

エルスベト　宮殿じゅうの扉が消えていくの、一枚また一枚と、私、こんなに走ったことないわ……

エーゴン　ニーニヴェはどこだ？

エルスベト　あの娘《こ》、私を殺す気なのよ、エーゴン！　私の子なのに！　エーゴン、もう私をひとりにしないで！

エーゴン　（我を忘れて）おまえたちの馬鹿らしい口喧嘩より、いまは、もっと大切なことがある。

（身をもぎ離す。エルスベトは床に倒れ、エーゴンは急いで出ていく）

第十一場

第十場の人物。エーゴンはいない。

シュヴェーラー　（エルスベトを起こそうとする）さあ！
エルスベト　将軍……私を守ってくださいませんか？
シュヴェーラー　いったいお嬢さんはどうしたんですかな？
エルスベト　あの娘《こ》を慰めようと思って、教えてしまったんです。エーゴンが、扉をあける秘密を知っているって……
シュヴェーラー　それはどんな秘密ですか？
エルスベト　私も知らないんです……エーゴンったら、私にさえ教えてくれなかったんです。

シュヴェーラー　ああ、それでやっこさん、考えたわけだな！——その秘密の金歯を引っこぬいてやるぞ、若僧め、しかもだ、そいつで窒息させてやろう！

（走って、エーゴンを追う）

第十二場

第十一場の人物。シュヴェーラーはいない。ニーニヴェが登場して、ゆっくりとエルスベトのほうに歩いていく。

エルスベト　（膝をついたまま体を起こす）

ニーニヴェ……おまえ……私のところへおいで……さあ！……はじめてじゃないかしら、おまえが私を……抱きしめるのは……

（ギャロップで駆ける馬の、狂ったような蹄《ひづめ》の音が近づいてくるのが聞こえる。第一幕となじだが、今回は、音が反響し、幽霊のように不気味である）

アレクサンドラ　（頬を優しく馬の首にあてる）

百合《リーリエ》——いとしい娘《こ》、落ち着きなさい——ちゃんと落ち着いて！
（蹄《ひづめ》の音がゆっくりと消えていく）

ニーニヴェ　（うなだれて、泣く）
エルスベト　泣いているのね、ニーニヴェ！　かわいい娘《こ》！
ニーニヴェ　（彼女から激しく顔をそむけ、はじめにいた壁龕《ニッチ》のところへ行く）

第十三場

第十二場の人物。シュヴェーラー将軍が両手をあげて、後ずさりしながら入ってくる。あとから、アレクサンドラの銃をわきにかかえたヤーコプ・ネーベル。それからエーゴンが、非常に取り乱したようすで姿をあらわす。ヤーコプはすすでまっ黒になり、多くの箇所に焼け焦げをつくっている。眼は恐怖のために大きく開き、もうほとんど口がきけない。このときから最後まで、火の音。はじめはまだ小さいが、どんどん大きくなっていく。

エーゴン　こいつが私を殴り殺そうとした。
ヤーコプ　だれが？
（ふり返る）
エーゴン　銃をその男にむけたままに！
ヤーコプ　だれに？
エーゴン　そこにいるその男に！
ヤーコプ　（アレクサンドラに）失礼、あっしはちょいと……ちょいと敬失《けいしつ》して……ですが、ただお借りして……あっしは自分が不……とても不……こういうのがないと無防備で……
エーゴン　彼が私を救ってくれたんです！
ヤーコプ　そんなつもりはなかった……勘弁なすって！
（銃をエーゴンにむける）
……幾重にも残念だが。
エーゴン　（両手をあげる）
そんなもの、しまいたまえ！

ヤーコプ　ですがあっしは……お願いしますよ、旦那衆は、緊張したスタンスであっしとにらみあっており……あっしも皆さんのスタンスで……むしろ、あっしは、こういうつもりで……断言してもいいが、皆さんはあっしのことを個人的にも、またその……またその別の姿においても……もしも、じゃなければ……つまりです……もしや椅子《えす》をひとつお願いしてもようござんすか……つまり楽《らく》な椅子《えす》に……楽《がく》な椅《え》子《す》にすわっちまいたいんで！

（腰をおろす）

エーゴン　あなたは私にかわって、われわれ全員を救ってくれた！　あなたは自分自身を救った！

ヤーコプ　ならそれはあっしが自分にとっても……ならあっしは自分に感謝しているわけで。旦那衆はあっしのことをひどく見下《みくだ》してた、だがそれでもあっしはためらうことなく……なぜかっていうと……隠れ場からとびだしたのは、あっしひとりじゃなく……ほかにもとびだしたものが……

エーゴン　さあ話したまえ！

ヤーコプ　話してますよ……一生懸命!!……とびだしたのは、あれでさあ！

エーゴン　なんだ？
パウラ　（舞台裏で）火事だ！　火事だ！　火が出たあ《フォイリオ》！
アルミーニウス　（遠くから）家が火事だ！

第十四場

第十三場の人物。それにパウラ・オルムとアルミーニウス博士。いま残っている入り口は二つだけ。だがその二つも、パウラとアルミーニウスが登場すると、すばやく閉じてしまう。

パウラ　（よろめきながら入ってくる）助けて！　家が燃えてる！
シュヴェーラー　ただちに消さねば！

アンナ　焼け死にたかないよ。ひとりにしないでおくれ！
エーゴン　一千万マルクだ、エリー、それが私たちのものになる！　一千万マルク！
パウラ　そこらじゅう燃えてるわ！　階段のところも、もうすっかり炎につつまれている！
アルミーニウス　（ギャラリーの、まだ残っていた最後の開口部から姿をあらわす。その開口部は、彼が通ると、ただちに閉じてしまう。彼は階段を、駆けおりるというよりは、ころがり落ちる）
あそこだ！　上のあそこ！　屋根組みが！　すべてがメラメラと燃えている！　逃げられる者は、逃げろ！
（クラーラ・ドゥンケルシュテルンの腕に受け止められ、顔をしかめて彼女を見つめる）
告白しよう！　そうだ、そうだ、そうだ、私は偽証していたんだ！　誓ってもよいが。
クラーラ　邪魔しないで！　あたくし、まだたくさん仕事があるのよ。
（いまでは、すべての開口部が消えてしまっている。煙が床からたちのぼる）
エーゴン　聞きたまえ！　君たちは大丈夫だ！　私がついている！　恐れることはな

い！

（ゼバスティアンのそばにニーニヴェがすわっている壁龕《ニッチ》の部分までもが、閉じてしまう）

エルスベト　うちの娘《こ》が！　うちの娘《こ》が！　連れだして！

エーゴン　ニーニヴェ、すぐに来るんだ！　さあ、出てこい！

エルスベト　お願い、お願いよ、来て！

エーゴン　今度だけでも、言うことを聞いてくれないか？

ニーニヴェ　いやよ！

（ほとんど歓声のような彼女の返事は、石壁のむこうに、かき消される）

エーゴン　（多幸状態《オイフォオリー》で）落ち着け、エルスベト。私があの娘《こ》を救おう！　私がわれわれ全員を救おう！　その時がやって来た！　諸君のうち、私の実直さに曇りがあると咎《とが》めることができる者はいるか！　いるなら、前に進みでよ！　――だれもいない？　そうだろう。私はこれまでの人生で恥ずべきことはなにひとつしていない。私の手はきれいだ！　そして私がこの手をかざすなら、と書かれているのだが、石壁は開くだろう！　私のあとに続くがよい！

（その場を離れる者はいない。エーゴンは石壁のところへ歩みより、たたく。奇妙なこだま、が聞こえるが、それ以外なにも起こらない。彼はもう一度たたく。もっと強く、さらに強く。顔をしかめて、両手のこぶしで絶望的に壁をハンマーのようにたたく)

嘘だ！　全部嘘だったのだ！　フィラデルフィアにだまされた！

(うめきながら、くずおれる)

第十五場

第十四場の人物。

アルミーニウス　だれのせいです？　だれのせいなのか、どうしても見つけだすんです。そいつを犠牲にすれば、残りのわれわれは危険をまぬがれるかもしれない！

(長いテーブルの頭頂に立つ)

私は、そいつを起訴する！

(全員が長いテーブルのまわりに腰をおろす。第一幕の終わりのように)

審理を開始する。急げ、急げ、だれのせいだ?!

（以下の舞台では、広間の床が赤熱しはじめるので、「陪審員」はしだいに自分たちの椅子によじのぼり、ひじ掛けの部分に腰をおろす）

アンナ　パウラだよ！　こいつが家に火をつけた！　そうするって、脅かしてたよ——復讐したい一心でさ！　あいつを縛り首に！

パウラ　あたし、なんにもしてないわ！　ドゥンケルシュテルンだよ、この先生がやったのよ！　先生、気が狂ってるんだ！

クラーラ　（泣きながら）あたくしが？　あたくしは、あたくしたちを救いました！

エルスベト　公証人だわ！　彼が紙切れを焼いてしまったのよ！　彼が家に火をつけたのよ！

アンナ　縛り首だ！

アルミーニウス　私は裁判官ですぞ！

アンナ　彼を縛り首に！

アルミーニウス　静粛に！　ゲーリュオン社長、この家が破滅すると、あなたにはいかほどの額が入るのですか？　一千万マルク？　あなたが放火したとは考えられませんかな？

エーゴン　とんでもない！　そんなことをすれば、自分の会社に保険詐欺をはたらくことになる！……ところでそのネーベル、そこにいる前科者は、仕返しをするといって脅かしていたが、いったい、火が出たことを、どうしてだれよりも前から知っていたのだ？

アンナ　縛り首だ！

ヤーコプ　恐れながら……この段になって……この段になって、あっしの……あっしの親切な手を種《ネタ》にして、あっしを陥れようとする人がいる！　あっしは、なんとかってのを申し立てる！　あっしは申し立てる……ところで将軍、将軍こそ！　あっしは、よく知ってるんだ。殴り殺そうなんて気配があったのは、将軍ですぜ！

シュヴェーラー　なぜだれも、その女に聞かんのだ？　われわれ全員を縛り首にしたがっておるのですぞ。

アンナ　あたしが？　いったいだれが紙切れを偽造したのかね?!

ヤーコプ　そ、そ、それは、社長があっしを恐喝したからで！

エーゴン　君！　君はもしや泥棒しなかったかね？

エルスベト　偽証したのは公証人よ！　嘘つきは、泥棒にもなるわ。家にだって火つけるわ！

アルミーニウス　それではお宅のお嬢さんは、嘘をつかなかったのでしょうな？

エーゴン　そこの男爵夫人、その人は自分の分《ぶん》を燃やしてしまった。われわれ全員を殺すために！

シュヴェーラー　そしてあんたは、扉をふさいでしまった！

パウラ　そしてアンナは、あたしたちの分《ぶん》を呑みこんでしまった！

アンナ　縛り首だ！　縛り首だ！

アルミーニウス　やめろ！――こんなに紛糾しては収拾がつかない。熱くなって、フエルトみたいにもつれてしまった。われわれのせいでもないが、われわれのせいでもある。ほんとうはだれのせいか？　われわれ全員をぶちこわしゲームに誘惑した、あの男のせいだ。ヨハネス・フィラデルフィアのせいなのだ！　陪審員諸君に評決をお願いする！

パウラ　でもそんな人、いないわけでしょ？

アンナ　いたわけないさ！　これは全部アントーンが、その老いぼれの碌《ろく》でなしが、思いついた話にすぎないんだよ！　そいつを縛り首に！

（騒動）

アレクサンドラ　（テーブルのうえに跳びのる）

いいかげんに、だまりなさい！

エルスベト　（テーブルの彼女のところへよじのぼる）

だめ……だめよ！……だまらないで、後生だから！……これでほんとうにおしまいになるわけないわ！……まだどこかに逃げ道があるはずよ！……思いだすだけでいいのよ……言葉を、私たちの分《ぶん》に書かれていた言葉をね……皆さん一度は読んだでしょう……いの一番に……

アンナ　あたしは読んでないよ！

エルスベト　言葉を見つけだすだけでいい……そうすれば、まだすべてを救うことができるのよ！

（アレクサンドラはだまって中央に立ち、目をとじて顔を上にむけている。そのあいだに、残りの相続人がつぎからつぎへと全員、テーブルのうえにはいあがり、負けじと大声で叫びあいながら、言葉を思いだそうとするので、以下、バベルの塔のように混乱したコーラスとなる）

黄金の鍵を……
　おまえたちは分配するであろう……
私の最初にして最後の……
　未来にあてではなく……
失われた……十分にもつ……
　全世界……
分配する、ちがいな財……
　目標において支えきれ……
客人として、にえあた共……
　おまえたちと遺産……
ないできさ受け、さァて……
　兄弟愛をおたちこる……
いた欠えつも兄弟歌……
　公密……

くらいぶら……

ぶら……うるく……

ぶら……ぶら……

ぶら……ぶら……

（炎が怒濤のように広間を襲い、相続人たちの叫び声を呑みこんでしまう）

終わり

演出上のいくつかの注意

I

芝居『遺産相続ゲーム』は寓話です。ですが、寓話劇であることは、演出によって特別に強調する必要はありません。一番いいのは、観客がそのことに自分でだんだん気づいてゆき、あらためてそれを忘れて、後でまた発見することです。ですからこの芝居は、できるだけリアリズムの手法で上演してください。

II

中心人物はいません。芝居のテーマは、(程度の差はあれ)行動する登場人物のひとりひとりが全体にたいしておなじ重みをもつ、ということです。この点から演出はぜひとも出発する必要があります。もしもある人物を特別に強調すると、この芝居のもっている意味が逆立ちすることになるでしょう。

III

たとえば、例のネーデルラント人たちの油絵*では、ひとつのシーンが中心となるのではなく、たくさんの個々のシーンが集まってひとつの〔全体〕像が生みだされる。それとおなじようにこの芝居でも、意図する効果は、「合計」から生じるようにしてください。そのテクニックとこの芝居の問題とは対応しています。なぜなら、可能な解決策も、舞台でしめされる破滅も、多くの個々のプロセスを「合計」した結果だからです。

Ⅳ

どんな場合でも、茶番仕立ての演技によって、喜劇的なものから鋭さを消したり毒を抜いたりしないこと。たとえば、第四幕の三人の女のビンタの場面《シーン》では、それがテロの光景《シーン》の原型であるとわかるようにしてください。第五幕の幕切れ直前でヤーコプ・ネーベルが道化《クラウン》となりますが、ぜひともその場面では、このうえなくリアルな「死への不安」の演技が必要です。「死への不安」が喜劇的でありうるということは、「死への不安」が厳粛にうけとめられない、ということではけっしてない。もしも、この芝居のその種のシーンで見物人の「気分」がそがれるなら、それは演出が誤っているからです。観客席には、きわめて多種多様な笑いが存在するものです。

V

舞台装置は——一種類だけですが——がっちりと作り、できるだけリアルな効果をだしてください。そうしてはじめて変容のトリックが愉しめるものになるでしょう。抽象的なシルクハットから模型のウサギをとりだす奇術師は、奇術師と呼べるでしょうか！　おなじことが、大詰めの幕切れの大火事にも言えます。理想的なのは、パニックが観客席にまでひろがることですが。

VI

だからといって、「おとぎ話のようなインテリアを設計する舞台装置家の想像力《ファンタジー》にたいして、制限を加える」ということには、もちろんなりません。話の舞台となる謎めいた場所が、芝居の最初に絢爛豪華であればあるほど、その後の展開において、衰亡の徴候がどれも、いっそう痛ましく感じられるでしょう。私には、天井の高い広間が見えます。ギャラリーがあり、螺旋階段があり、屋外階段がある。どんどん遠くにまで部屋が続いているのが見通せる。広間には貴重品、不思議なもの、ガラクタなどがぎっしりつまっている。不可解な時計、器具、プラネタリウム、楽器などがあって、なかば宮殿、なかば博物館といったところ。色とりどりのガラス窓ごしの色鮮やかな輝きに、すべてがつつまれている。衣をまとった女性像《カリアティード》の柱や、おとぎ話の生き物が柱になっている。まわりにはゴブラン織《タペストリー》や肖像画がかかっている。それから、夢のようにみごとな鳥が一ダースほど、羽ばたきながら舞台のうえを飛びかっている。いずれにしても、玉座と会議用の長テーブルは絶対に必要です。舞台の一方に玉座――たとえば天蓋つきでもかまわない――を置き、もう一方には、まわりに椅子をならべた長テーブルを置きます。椅子は、登場人物の設定にそったものがいいでしょう。ですからたとえば、台所の椅子、事務椅子、百姓の椅子、独房の腰掛けなど。登場人物はそのつど、無意識のうちに、自分にふさわしい椅子にすわるでしょう。

Ⅶ

第五幕では舞台装置も俳優たちも燐光のような青い光につつまれますが、それは蛍光塗料と紫外線放射器をつかって処理できるでしょう。第四幕と第五幕のあいだでは

①

②

俳優たちがメーキャップをしなおす時間がないので、すでに第四幕から、蛍光塗料いりドーランを――といってもその幕では紫外線放射器なしで――使用しておけばいいでしょう。おなじことは衣裳にもあてはまります。第二幕から第三幕にかけてすべての色が消えますが、交換可能な少数の小道具は別として、それは照明によって可能になるでしょう。

VIII

その他の魔術的なトリックについては、技術担当者の独創力を信頼して、おまかせします。

ミヒャエル・エンデ

＊　一九八四年二月ケルンのテアーター・デア・ケラーの上演パンフレットには、ボスの絵「快楽の園」から右翼〈地獄〉の一部①と、中央パネルの上部②が引用されている(訳者)。

付録 ＊ 作者ノート

I テーマ

人びとの連帯は、利害が共通していると気づいたときに生じる。この意見には、だれもがうなずくでしょう。意見が食いちがってくるのは、そのあとです。つまり、利害が多種多様で、おたがいに排除しあう場合、そのどれを優先し、どれを従属させるのか、が問題になったときに、意見が食いちがってくる。たとえばかりに、ある船に乗りあわせた人たちが、船とその積み荷がだれのものなのか、について言い争いをはじめたとします。そして口論の最中に、まさにその船を荷もろとも、それどころか自分たち自身をも沈めてしまったとします。その場合その人たちの態度は、すこしは正しいとしても、宿命的なほど愚かだとみなせるでしょう。なにしろだれにも共通しているることは、とにかくまず、言い争いのもとになっている対象を救わないかぎり、あるいはすくなくとも自分自身を生かしておかないかぎり、利益が生じるわけはないのですから。なんと単純明快な理性の命令、と思われることでしょう！　それにもかかわらず、このような分別は、なんとも克服しがたい困難にぶつかっているようです。

つまり、私たちが現代の世界の状況をながめたときには。そういう困難をこの芝居は(ひとつのモデルにおいて)描こうとします。

Ⅱ　ひとつのモデル

複雑なプロセスをはっきりさせるために、学問・科学では、補助的なイメージとして、単純化したモデルをもちいます。そういう場合、典型的なものが強調され、典型的でないものは――これもたしかに存在しているのですが――切り捨てられがちです。ところが、たくさんのプロセスのからまりあいそのものが、あるひとつの経過にとって典型的であるとき、もちろん単純化は許されません。そういう状態を隠してしまうからです。このような場合モデルは、まさにその種の事態だということを明らかにするべきでしょう。この方向での、ひとつの試みがこの芝居なのです。

Ⅲ　形　式

この芝居の構成は表面的には、主として古典悲劇の形式によっています。その形式を、いわばアイロニカルなやり方で引用しているのです。いずれにしてもテーマが特別なので、芝居の性質も独特なものになります。つまり中心人物がいないのです。すべての登場人物がおなじ重みをもっていて、交代で主導権をとる。だれかがなにかをすれば、他のみんなにその影響がおよぶことになる。登場人物たちは、解決しなくてはならない問題を共有していて、いわば、その問題を中心に輪をつくっています。課題が解けないのは、だれかひとりのせいというわけではない。舞台でしめされる破滅は、多くの個々のプロセスを「合計」した結果なのです。とすれば逆に、つぎのことも明らかになるはずです。つまり、ポジティヴな解決策を考えることもできるわけですが、それもまた、だれかひとり(の英雄とか聖者)の力によるのではなく、全員が力を合わせてはじめて実現できる解決策にちがいありません。

悲劇が喜劇的になるのは、舞台でしめされる破滅に偉大さがまったく欠けている場合だけです。また、どの人物も最後の破局にたいしてそれぞれ貢献するわけですが、厳密な意味では、だれも悪人として登場するべきではありません。みんな、それぞれ自分の想像とか行動規準から抜けださないので、自分の置かれた状況にふさわしく行動することができない。その種の無能さは、ふつう、馬鹿とみなされます。この意味で、この芝居の登場人物はすべて、多かれ少なかれ馬鹿者なのです。

Ⅳ　馬鹿者、愚か者

いまスケッチした状況で人間がどう行動するのか、それをしめす方法は無限にあるわけですが、当然、どれかひとつを選択しなければならない。その選択が完全であるとは、けっして主張できません。私たちはこの芝居で、きわめて典型的な行動のいくつかのタイプを提示しようとしています。どのようにすれば「ぶちこわし屋」にならないか。それは、観客が自分で発見すればいいのです。これから私たちの具体例をならべます。

1　エーゴン・S・ゲーリュオン

保険会社社長。自分は実直であると確信している。だまされることをなによりも怖がっている。

五十歳くらい。ゲーリュオンという名前は『神曲』から取ったものです。地獄にはさまざまな圏谷があり、それらの入り口は一連の怪物に見張られているのですが、そのなかにゲーリュオン(ジェリオーネ)という名前の怪物がいる。ダンテはこの怪物を「堅気の人間の顔をした竜」として描いています。この人物の恐ろしさは、この人物がもっている良心ということになります。というのも、事実関係において「罪がない」からではなく、責任の感覚が稀薄であるから「罪がない」というケースも、明らかに存在するからです。そしてこのことは、私たちの世紀においてどうやらきわめて広範囲に蔓延している、精神病なのです。ですからこの人物は、ゲオルゲ・グロッスやブレヒトの「搾取する者」と絶対に似ていてはならない。彼らの描く「搾取する者」は、いずれにしてもある種のシニシズムを身につけており、したがって、自分がなにをしているのかわかっている。エーゴン・S・ゲーリュオンはシニカルではなく、退屈な存在です。この点をとくに留意すべき場面は、エーゴンが悦にいって宮殿の損害をメモする場面と、自分のことを救い主だと思って多幸状態《オイフォリー》になる最後の場面、でしょう。結局、壁は彼の手が触れても開かない。それなのに彼は、「自分の手」がもしかすると「きれい」ではないのかもしれない、などとは思いいたらず、むしろ、ヨハネス・フィラデルフィアにだまされたのだと思って絶望するだけなのです。だまされることを、そもそも最初から彼はひどく怖がっていた。彼は「まったくもって清潔で、実直で、堅実なビジネスマン」なのです。危険とか、冒険とか、いやそれどころか運命とかに縁のあるものは、すべて憎む。だからこそ彼は保険会社社長なのです。幕があがってすぐに彼は娘の嘘にひっかかる。それと関係があるのでしょうが、彼は、あらゆるものに運命のにおいがするその宮殿で、いずれにしても最初から不確かで不快な感じにつつまれるので、ほとんどなにが起ころうとも不思議とは思わないのでしょう。この役を演じるのは簡単ではありませんが、この役には多くがかかっています。この人物の法外な月並みさと如才のなさを興味ぶかく演じることができ、それから、「市民」がもっているあの狂気――つまり、最終幕で自分が救済者だと思いこむ冒瀆的な多幸状態《オイフォリー》――にまでアーチをかけることのできる俳優が、エーゴンを演じなくてはなりません。

2　エルスベト・ゲーリュオン　エーゴンの妻。善意があればあらゆる難問を世界から取りのぞくことができると、確信している。

四十歳。社交家。太り気味で、かなり派手な化粧と服装。彼女もまた「堅気の人間の顔をした竜」の一族です。なにしろ彼女のすることはすべて、「善良な心」から発し、「善意をもって」なされるのですから。おまけに彼女は女性の直感のなごりのようなものも身につけています。――いずれにしても彼女は、宮殿で進行する変化のせいで、不安になる。それどころか彼女こそ、変化に最初に気づく人間なのです。――ところがその直感は、彼女が夫を崇拝するあまり、繰りかえし押し殺されることになります。この人物において私が大切だと思うのは、まさにこの「知りたくない」というプロセスが繰りかえし明らかになってくる点なのです。芝居では何度か、この人物が別の態度《オールターナティヴ》をとる可能性が暗示されます。別な態度《オールターナティヴ》をとれば、夫にたいする絶対的な信頼を捨てることになるでしょう。ところがそのつど彼女は、内なる警告の声を押し殺し、ふたたび夫にしたがう。けれどもそれは自分の善なる感情に反した行動なので、彼女は、娘を憎みます。娘のほうがその点において、自分より誠実で、ためらうことを知らないからです。彼女は娘を怖がってもいます。というのも、夫についての予感をほんとうであると率直に認めるとすれば、それは、自分の人生全体に破産宣告をくだすのとおなじ意味をもつからです。夫と子どもにたいする気づかいは、そもそも実際は、自分の誤りから無理やり自分をもぎはなさないでほしいと懇願しつづけることなのです。だから彼女には、まがいものめいたところがある。たった一度だけ、ほんの一瞬ですが、彼女はほんとうに誠実になって、娘と連帯していると感じたのかもしれない。つまり、エーゴンが彼女を突きはなし、ニーニヴェが彼女に近づいて絞殺しようとする場面のことです。「はじめてじゃないかしら、おまえが私を……抱きしめるのは……」。しかし、この真実の瞬間は消え去り、彼女は、決定的な状況をあっさり否認することによって、最後の絶望的な自己欺瞞におちいるのです。「善意」がありさえすれば、自分の行為がもたらした悪い結果をこの世からすべて取りのぞくことができると、まさに彼女は信じているわけです。

3　ニーニヴェ・ゲーリュオン　若い娘。自分の想像というジャングルのなかに逃げこみ、そのなかで迷い子になってしまった。

十四歳。堅気の人間の仮面はつけていない。それどころか逆に、ある意味で「悪人」ぶろうとしているのが見え見えです。それがどこまで十代の娘の芝居なのか、そしてすでにどこまで本当の悪人なのかは、けっして判然としない。彼女のなかでは、多くのことが——彼女自身にとっても——もはや収拾のつかないほど混じりあっているわけです。彼女のもっとも無邪気な面は、いずれにしても、彼女が物語る嘘である。それによって両親の世界とは反対の世界をつくりあげようとするのです。お転婆娘の嘘物語のひとつがまさに発端となって、すべての混乱がはじまるわけですが、それは、彼女のせいではなく、彼女には見抜けない状況、それに他の人物たちのせいなのです。彼女の特徴としては、あまりにも知的なので、両親のでたらめさがわかってしまう。しかしその一方、あまりにも子どもなので、そのでたらめさにたいして実際に心のなかで距離をとることができない。こうして彼女は思春期の魂という原生林をさ迷い、途方に暮れている。ゼバスティアンのことが気にいったのも、最初は、自分が彼にたいして力をもっているからなのです。この点において彼女はすでに、無邪気ではなくなっている。ゼバスティアンが彼女に自分の分《ぶん》を手渡したその瞬間、彼女は現実に自分の力を理解してうろたえ、それに抵抗します。彼女は責任を負いたくない。彼女が反抗的になるのは、反抗してもなんの責任も生じないときにかぎられます。父親に分《ぶん》を取りあげてもらうとき、彼女は父親にたいして弱い。もしかするとそれは、いま述べた点から説明されるかもしれません。さてこうして彼女はすっかり迷い子になっている。彼女はもはや責任をのがれられない。というのもゼバスティアンが彼女にとってはますます大きな現実となっていくからです。公証人の報告によると、彼女はゼバスティアンをふりはらうため、自殺するといって彼を脅かす。最後に彼女は絶望のあまり嘘をつき、瀕死のゼバスティアンに幸福な幻想をいだかせるのですが、ゼバスティアンの反応によって、彼との関係はどうしても撤回できない真剣なものになる。彼女はもはや逃れられない。そしてゼバスティアンの死とともにニーニヴェの恋物語がはじまるのです。その結果、彼女は、子どもらしさをすっかりなくし、世にも恐ろしい結末へとむかうことになる。母親を殺すことは最後には断念するわけですが、それは、彼女が優柔不断であること、を意味しません。むしろ、不気味な蹄《ひづめ》の音がきっかけとなって、断念するのです。蹄の音がいわば引用句のように聞こえてきたので、彼女は、自分の投じた最初の小さな一石がきっかけで、出来事がなだれのように起きたのだ、ということを思いだす。そしてこのことを理解して、ようやく彼女は泣くことができるようになるわけです。

4　ゼバスティアン・ノートハフト　悪意のない青年。なんでも文字通りに受けとる。

十七歳だが、精神年齢は十二歳。彼は漫画本の読者ですが、そこに英雄崇拝のパロディー化の意図を読みとらないように。『ニーベルンゲンの歌』とファントム・シリーズのあいだには、たしかにレベルの違いはありますが、カテゴリーの違いはない。この場合、徹底的な、そしてそれゆえに素朴な例によって私がしめそうと思ったのは、この芝居の登場人物たちが直面している特別の課題は、英雄的な行為とか殉教とかによっても解決できないということなのです。ゼバスティアンの死は、本人の体験を問題とするかぎりでは、後光につつまれてはいますが、やはり彼は誤って死ぬわけです。

彼の遺体をまえにして、争いがいよいよ本格的にはじまる。ゼバスティアンは英雄的行為を夢み(そして結局のところ、たしかに一種の英雄となるわけですが)、たぶん全員のなかでもっとも罪のない人物なのでしょう。英雄であるためには、世界が「善」と「悪」からなりたっていると信じること、そして結局のところ、一語一句たがわない文字通りの意味というものを信じることが必要です。ゼバスティアンは愚かですが、その愚かさが彼にとっては唯一の強さなのです。愚かさを失いはじめると、そのぶんだけ彼は弱くなる。彼が最後に強さ、つまり愚かさを取りもどすのは、公証人から遺言の内容を知らされてからのことです。というのも、そういう場合に要求される正しい理解とは、字義通りの理解なのですから。そうして彼は、自分の理想像に変身して、あるいは理想像と一体となって、死んでゆく。けれどもそれだけではない。さらにもうひとつの資質——つまり信頼する力——をもっているので、ただひとり彼だけが、被相続人の遺言を理解できるのです。信頼する力は、彼の愚かさに由来するだけではない。もしかすると愚かさのほうが、部分的にはその力に由来するのかもしれません。ニーニヴェの裏切りによって、彼の信頼は深くゆさぶられることになるわけですが、最終的には信頼のほうが勝利をおさめます。なぜならそれがゼバスティアンの本質だからです。

5　アレクサンドラ・フォン・クサナドゥ　悲劇をさがしもとめる女性版ドン・キホーテ。

四十歳から五十歳。クサナドゥという名前は、コールリッジの詩「フビライ・ハーン」に由来する。詩では、謎と不思議にみちあふれ、おとぎ話のようで、完成されることのなかった館《やかた》の名前です〔クサナドゥ（Xanadu）は、英語では「ザナドゥ」と発音され、元《げん》の上都のこと。コールリッジの詩でも、館《やかた》の名前というよりは、楽園のような宮殿のつくられる土地の名前として登場する――訳者〕。彼女の貴族的な気品は、もしかすると家系によるのではなく、芸術的、詩的な性質によるのかもしれません。しかしながらアレクサンドラは、いささか奇怪なやり方ではありますが、上品さ、輝き、偉大さという彼女なりの尺度によって、あの偉大な古き貴族世界を体現しているのです。――そもそも今日においてなお貴族世界を体現させようとすれば、危険や冒険を好み、いつでもどこでも宿命的なものをもとめる冒険家、ボヘミアン、独立独行タイプの人間を設定するしか、他に方法がありません。ですから、彼女が死を憧れていると想定するのは、まちがっています。アレクサンドラが死の近くにいることを好むのは、そうすることによってのみ、人生がきらきらした輝きにみちるからです。彼女が悲劇を好むのは、それが人生で提供されるもっとも危険で、そしてもちろんもっとも偉大な贅沢だからです。ですから彼女は最初から「お祭り」を口にするし、最後までその開始を待っている。彼女は、この宮殿にやってきて、カッサンドラ的な予感の能力によって、ここが破滅するだろうと、ただちに感じとります。「それにもかかわらず」ではなく、まさに「それゆえに」、彼女はとどまる。その悲劇で彼女は自分の役を演じるつもりなのですが、パートナーがいない。将軍は彼女の嘲笑をかうだけにすぎません。彼女の計画にとって、あまりにも素朴なのです。けれども悲劇はひとりで演じるものではないので、アレクサンドラの「お祭り」もうまくいきません。気高い結末ではなく、みじめな結末。取り逃したチャンスを、取り戻すことはできない。もっと深い意味において、それこそが、アレクサンドラの不幸の原因なのです。放縦さを強調するあまり彼女の厳しさにひそむ毒を抜かないように気をつけていただきたいものです。逆に、軽やかにチャーミングに演じれば演じるほど、この人物は、より知的で危険な存在となるでしょう。派手な殺しを先にやったあとで、アイロニカルな名文句とともにギロチンの露と消えた人がいますが、彼女もそのひとりなのです。アレクサンドラはあまりにも高慢なので、傲慢であることが必要だったことはこれまで一度もありません。彼女は飛躍がはげしく、相続人たちにたいして、とくに将軍にたいして挑発的な態度をとる。じつはそれは、彼女なりの上機嫌、気晴らしにほかならないのです。ただ、若いゼバスティアンとだけは最初から、言いあらわしがたい共感、もしかするとエロティックとすら呼べそうな共感で、結ばれています。とはいえこのふたりにとって、それぞれ意図のレベルがあまりにも異なっているので、意思の疎通はいつも不可能です。

6　レーオ・アルミーニウス博士

公証人。義務を忠実にはたしていれば、紛争にまきこまれなくてすむと思っている。

年齢不詳。いわば若かったことが一度もない。かなりの木偶《でく》の義務人間で、どちらかというと古風でまわりくどい表現を好む。ときおり、人間らしさをかもしだすために、度をすごさない程度に辛辣なことを言いますが、自分ではそれをユーモアだと思っているようです。かなりのうぬぼれ屋。今回の遺言の件にかんしてはあらゆる点で深く嫌悪しています。自分が、そして気品ある習慣が、虐待されているような気がするのです。そこで彼ははじめのうち、いくぶん不機嫌です。一件落着のためになにか手助けしてほしいと相続人から頼まれるのですが、彼は拒否する。その拒否は、抑圧された「他人の不幸を喜ぶこと《シャーデンフロイデ》」によっても表現できるはずです。そのあとで彼の杓子定規な魂は良心の呵責にさいなまれはじめる。そして最後には不安になる。相続人に復讐されるかもしれないと恐れ、破滅を恐れるのです。彼は決定することがけっしてできない。というのも、これまで決定する必要は一度もなく、公証するだけだったのですから。こうして追いつめられて、枯れ木のように干からびた彼の悟性はポキリと折れ、頭のなかには、自分の偽証を隠しつづけようという固定観念しか残っていません。「私は弱い人間にすぎない」と叫ぶとき、彼にも「真実の瞬間」が訪れる。じっさい彼はあまりにも弱虫なので、自分の慣習の外側、小心翼々と守りつづける指針の外側では、毅然とした態度をとることができないのです。彼が自己分解してボロボロになっていくさまを、私たちはいっしょに体験します。アルミーニウスをあまりにも奇妙な人物とか、あまりにも奥深い人物にしないよう、気をつけてください。それから俳優も、この人物がホフマン的またはカフカ的色彩をおびないよう、気をつけてください。そんなふうにすると、この芝居は骨董品陳列室になってしまいます。この公証人には謎めいた面も、デモーニッシュな面も、まったくない。彼は、想像力に欠けた、いささか不機嫌だけれども几帳面な係長にほかなりません。その係長は、みすぼらしくて、灰色の、小心翼々とした人間なのです。

7　クラーラ・ドゥンケルシュテルン　女教師。論理的なシステムの助けによって、公平ということを勝利させようと考えている。

四十歳。この人物において重要な点は、年増の処女をカリカチュアにするというよりは、イデオロギー人間の原型をしめすことです。イデオロギー人間にとっては、自分と世界、自分と他の人間との関係は、まず第一に概念とシステムによって成立します。（この芝居でも男性にすることは可能でしたが、私にはこう思えたのです。つまり、こういうタイプの人間は、そもそも血の気がなく、がんばりすぎるたちなので、女性であるほうが、それをはっきりあらわすことができるし、それだけ悲喜劇的な効果も大きくなる。なぜなら、世事にうといことや直感のなさというものは、どちらかといえば男性のほうが大目にみてもらえるようですから。）そもそもクラーラは、道徳的にずっとがんばりすぎたまま、生きています。というのも、ただひたすら論拠というものを信じ、それを人生の指針にしているからです。自然に湧いてくる彼女の願望や感情は、いつも抑圧されているわけですが、第三幕で一瞬のあいだ館《やかた》の主人であると感じる場面において——もちろんそれは感傷的で小市民的な態度なのですが——明らかなように、彼女の生き方とはまるでちがうものです。そのようにがんばりすぎた結果、かん高くて狂信的な調子が、ときどき話し方にあらわれる。彼女はユーモアとはまったく無縁です。徹頭徹尾まじめであり、——これはほとんど感動的にすら思えますが——個人としてはどんな犠牲もはらう覚悟があります。しかしそれにもかかわらず彼女には喜びがなく、それゆえ彼女は弱い。そこに自分自身と人生にたいする彼女の罪があるともいえるでしょう。自分の論拠がこわれると、途方に暮れることになります。これからなにを頼りにすればよいのか？　彼女は検算を繰りかえすが、誤りは見つからない。このような矛盾にさらされて、どっちみち最初からがんばりすぎだった彼女の心は、こわれるのです。（無意識のうちに特別苦手と感じているまさにその点で無理をしてしまう人を、私はよく見かけます。）こうしてクラーラ・ドゥンケルシュテルンは最後には、全責任をひとりで背負うという、気違いじみたことを自分に要求することになるわけです。——けれども、そのときですら彼女にとっては概念だけが問題なので、彼女の背負う責任もまた想像上のレベルをこえることはない。彼女は、無意味となった無限のパズル・ゲームを並べ合わせるのです。この役で俳優の年齢はとくに重要ではありません。三十歳でもいいし、五十歳でもかまわない。大切なのは、もともと性が欠けていること、原初的ではないこと、喜びが欠けていることと、ユーモアに欠けていることです。けれども、馬鹿を上手に演じるためには、たいていの場合、大きな知性が要求されるものです。それとおなじような理由から、クラーラ役には、きわめてユーモラスで女性的な俳優をさがす必要があるかもしれません。そういう特徴をもっているからこそ、それらが欠けた人物を演じることができるわけです。

8　アンナ・フェンリス　盲目の老農婦。すべてが停滞することは、彼女にとって好都合にほかならない。なぜなら彼女は生まれてはじめて(権)力のにおいを嗅ぎつけたのだから。

この名前はもちろん『エッダ』に由来し、フェンリスウールヴ(狼)と関係があります。五十歳から六十歳。この人物はまず最初は、正直で、ちょっとおどおどしていて、同情すらかうような老婦人として登場させてください。盲目のため幻滅にはなれっこなのです。彼女は堅気で「貧しいけれども実直な」印象をあたえなければなりません。クラーラ・ドゥンケルシュテルンは彼女を管財人に任命しようと決心するわけですが、彼女の印象からすれば、それはきわめて当然のことに思えます。皿洗い女パウラとの夜の会話でも、最初のうちは、これといった当てがあるわけではなく、じつはぶつぶつ愚痴をこぼしているだけのことです。けれども、まず皿洗い女から、それからあとになって女教師からそれぞれの分《ぶん》を押しつけられてから、彼女の脳が活動をはじめる。彼女自身は実際に遺産があるなどとは信じていませんが、その一方では、紙切れをもっていると他人を動かせることに気づいたので、その状態をできるだけ長く維持しようと決心します。他の人間にたいして(権)力をもつということをそれまで知らなかった彼女は、いまやすっかり狂暴となり、陶酔状態におちいり、人間の姿をした悪魔となるわけです。しかし彼女の(権)力がすっかり消えてしまってからは、ふたたび、途方に暮れてガタガタふるえる老婆でしかありません。ですからアンナ役の俳優は、正直でかわいいおばあさんをきちんと演じることができ(しかもできるだけ二重底の人物にはならずに!)、あとでは、悪意をむきだしにして「ざまあ見ろ」と喜べるほどの原初の力を表現できなくてはなりません。

9　パウラ・オルム　皿洗い女。信じるのが早すぎ、見抜くのが遅すぎる女。

二十五歳から三十歳。オルムとは、すでに何世代にもわたって地下の洞穴の闇のなかに生息しているので、眼が退化してしまったホライモリ科のサンショウウオのこと。そういうわけでオルムという名前にしました。パウラは気立てがよく、ちょっと不器用で、目のまえにいるだけで虐待したくなってくる娘です。じっさい彼女はすでに何度も虐待されてきましたが、だからといって特別に深く傷ついたことはない。そういう扱われ方しか知らないのです。徹底して自信がなく、それは喋ったあとにたえず「そうじゃない？」とつけ加えることに表われていますが、そのため彼女はいつも他人の意のままになりやすい。要求されさえすれば、彼女はいつでも喜んで、次の文章で手のひらを返したように逆のことを主張する。ときおりちょっと反抗的になるとしても、たかだか子どもの駄々のようなものです。自立していなくてはならないということが、不安で恐ろしいのです。完全に幼稚な彼女は、自分を従属させてくれる決定機関がほしくてたまらない。そしてその決定機関がどのようなものであるかは、ほとんど問題になりません。けれども子どもと同様、パウラの心の奥深くにも、公平または不公平にたいする原初的な感情が眠っており、それはどんな反省によっても消えることがない。その感情がパウラのなかで目をさまし沸騰しはじめるまでには、長い時間、あまりにも長い時間がかかる。けれどもそれが目ざめてからは、彼女はなんでもできるようになる。彼女は、自然のカタストローフ現象となる。それはすでにあまりにも手遅れであり、とっくの昔に無意味となっており、それどころかこんな時点では彼女自身すら破滅させかねないわけですが、彼女は気にかけない。彼女はもはや、いっさいのことを気にかけない。怒りのせいで盲目なのです。以前は我慢しすぎて盲目でしたが。

10　マルクス・シュヴェーラー　将軍。「全員の幸せのために」暴力をもちいようと考える。

五十代なかば。私が重要だと思うのは、まずはじめにこの人物をありふれた軍馬として、いいかえれば単眼鏡をかけたがさつな軍人として絶対に登場させないように注意することです。というのも、そういうタイプの高級将校はほとんどいないわけですから。物腰はむしろスポーティで軽やかであり、『リーダーズ・ダイジェスト』から切りぬいたように洗練された男性なのです。しかしじつはすべてが旧態依然としていることは、あとになってしだいに明らかになります。ほんとうの彼は、もちろん、どちらかといえば取るに足りない人間なのですが、高い地位の職務をまっとうしなければならないので、君主のような雰囲気をかもしだそうとしているのです。アレクサンドラからは物笑いの種のように扱われるので、彼は怒って頭に血がのぼる——まさにそれは、彼が自分自身に自信がないからです。これには明らかに、胆汁質といったような気質も関係しています。かなり小柄であるほうがふさわしいと思いますが、もちろん、決定的な条件ではありません。いずれにしても彼の世界観は、どうやら体質に大きく左右されているようです。つまり身体的なものであって、思索の結果ではない。というのも、第四幕の悔悛の大場面では、観客は一瞬のあいだ、ほんとうに彼が変わったと信じてしまいますが、そのあとすぐに、ネーベルヤーコプをなぐり倒すので、将軍の正体は平凡きわまりない乱暴者であることがわかるからです。私たちが理解しておかなければならない点は、彼が最初、胆汁質の人間らしく神経質に、自分の外見にこだわっていることです。というのも、外見がりっぱでなくなると同時に、彼は自尊心というものをすっかりなくしてしまうのですから。彼は落ちぶれ、結局はあの「シェルナーのモラル」＊に着陸する。つまり、自分だけが助かろうとして、他の人たちに尻ぬぐいをさせるのです。——臆病な小悪党にできることは、どうしたら自分が助かるのか、その秘密を無理やり聞きだすために、せいぜい冷酷に人殺しをすることぐらいなのです。

＊ シェルナー将軍は、第二次大戦中、スターリングラードの敵中の孤立地点に自軍の兵隊を置き去りにして、見殺しにし、自分だけは最後の飛行機で逃げのびた。

11　ヤーコプ・ネーベル　年輩の前科者。彼なりの流儀で大もうけをたくらむ。

年齢不詳だが、五十歳はこえている。変わり者で、完全に独立独行タイプ。どうやら彼はこれまで、だれとも人間らしい付き合いを一度もしたことがないらしい。つまり厳密な意味で、非社会的なのです。けれども彼にとってはそれ以外の態度《オールターナティヴ》というものがまったく存在しないわけなので、ありとあらゆる悪事にもかかわらず、そもそも彼にはまったく罪がありません。社会との衝突、度重なる監獄生活を彼は、歯痛とか事故のように避けがたいものとして、平然と受けいれる。ですからだれかを恨むということがない。それどころか彼は、ほかの連中が手術に耐えたことを誇るように、そういう経験を誇りにさえ思っています。彼の非モラルはまったくナイーヴです。ですから、個人的な中傷にたいしても、すぐさま気分を害して反応する。どうやら彼は裁判官にたいしてひそかに感嘆の念をいだいているようです。というのも、彼の言いまわしの大部分は、自分に有罪を宣告した審理から、こっそり頂戴したものだからです。教養ある上品なその表現をもちいるとき、ある種のうぬぼれがないわけではありません――が、もちろんその使用法はいつもおかしい。私の考える彼の外観は、かなり不幸で、背中が曲がり、案山子《かかし》のようにやせています。抜け目のないユーモアが、彼の口から自然にこぼれるのは、限られた場合だけです。自分をほんとうにアイロニーの対象としてながめることが、ほとんどない。彼はなぜ自分が笑い物になるのか、完全には理解できないのでしょう。この芝居でも窮地に追いこまれますが、彼にとってそれは、これまでさんざんなめてきた運命のいたずらが、もうひとつふえただけのことにすぎません。そもそも彼は、自分がなにを頼まれているのか、まったくわからないのです。彼がこのように無邪気な人物として演じられたときにだけ、瀕死のゼバスティアンとの会話が卑劣な印象をあたえなくなる。そしてその会話は、どんなことがあっても卑劣な印象をあたえてはなりません。ですが第五幕での彼の「死への不安」は、やっぱり被造物としてはきわめて当然な正真正銘の不安なのです。けれども、なんらかの方法でヤーコプが破滅をまぬがれたとしても、その後の彼はなにひとつ変わらなかったでしょう。

12　アントーン・ブルト　館《やかた》の召使い。すべての主人に同時に仕えているが、だれからも、必要なときにまともな質問をされない。

七十歳。この人物はすべての点において公証人とはまったく対照的です。この人物のなかに、いわば、宮殿全体がもう一度人間の姿をとって存在しているのです。この人物では、歩き方、身ぶり、視線にいたるまで、すべてが謎めいている。最初のうちはまだアントーンも、おどけたユーモアにつつまれていますが、そのユーモアもその後どんどん凍りついてゆく。どんな場合でもアントーン役の俳優は、たくみに言葉をあやつる術《すべ》をこころえていなければなりません。アントーンの喋り方は装飾的ですが、わざとらしく装飾的にひびかせるのではなく、もともと荘重で儀式的なところがなければなりません。そして会話の相手は、その荘重で儀式的な調子から逃げだすために、見るからにいつも四苦八苦してしまうことになります。アントーンの気品は、とりつくろった従僕の気品ではなく、召使いとしてはたらく君主に自然にそなわっている気品、というふうにしてください。アントーンの話は、いくつかの場面は例外として、ほとんどいつも相手の理解力をこえているのですが、本人にもそれはわかっています。ところで彼が懇願したり忠告したり、そして最後には驚愕する場合ですら、その事情は変わりません。彼の記憶が消え、彼の人格がそっくり崩壊するときには、観客を恐ろしがらせる必要があります。そのためには、冒頭でこの人物が品位と快活さと知恵

――要するに亡き主人の面影――をみせておかなければなりません。彼の崩壊は外面的にも内面的にも、低俗で下品なものへの下降と理解してはならない。彼の身に生じる荒廃は、むしろ、略奪と破壊に見舞われた豪華な建物の荒廃に似ています。最後に残った廃墟もまた、もう一度話すことができるわけです――目と耳をもった者にたいしては。

V　メールヘン？

メールヘンの慣習のおかげで私たちは、ともかく最後にはすべてがうまくいくのだと確信しています。最後に安心できるものと期待して、私たちは、メールヘンの報告するなんとも恐ろしい危険とか、どこにも逃げ道のない罠とかに、じっと耳をかたむけるわけです。メールヘンの世界の内側でなら、そういう確信は正当であり、それなりの意味をもっている。けれども現実の政治や経済や軍事にかんしても、メールヘンの場合とおなじ確信をいだくとしたら、宿命的な誤りにおちいることになります。私たちの同時代の大部分の人は、このまちがったメールヘン的信仰という病気にかかっているようです。だからこそ私たちは、メールヘンという形式をもちいる。しかし、無邪気そうに見える餌のなかには、釣針がひそんでいます。私たちのメールヘンの結末は暗い。他の解決策を否定しているのではありません。それは警告なのだと理解してください。舞台の人物たちの愚かさを知れば観客は賢くなるだろう、と私たちは願っています。

VI　異質なものと不確実なもの

登場人物たちは全体として、さまざまなスタイル素を寄せあつめたコラージュといったところです。演技のほうもできるだけそのつもりでやってください。登場人物たちは、まったく異なった世界からやって来ているだけでなく、おまけにそれぞれが特有のスタイルで話すので、すでにこの点からして、相互理解は困難になるはずです。統一をはかったり、「断層」を埋めてなめらかにしたりすることは、避けてください。おなじく舞台装置も、そのような異質なスタイルの集合体であることがわかるようにしてください。ヨハネス・フィラデルフィアの宮殿は、ミイラの棺からスチールの回転椅子にいたるまで、多種多様な時代と土地の、ありとあらゆる文化財の集積所として考えられています。このスタイルの混交は、現代の私たちの意識の風景に対応している。その風景のなかには、あらゆる価値が博物館のように集めて並べられているが、それにもかかわらず(あるいはまさにそれゆえに)不確実なのです。あらゆる事物がたえずその意味を、いやそれどころかその外見までをも変えるという、まったく不確実な雰囲気は、観客にも伝染させてください。たしかに毎日のように繰りかえし経験することですが、私たちは、現実の見方をどれひとつとして固定してしまわないよう心がける必要があります。直面している問題の解決のために、登場人物たちはなにか外的な手がかりを発見しようとするわけですが、うまくいかない。彼らにはわかっていないのです。自分たちが立つことのできる土台は、まず自分たちが協力して共同でつくりあげるしかないということが。

一九六六年、ミュンヘン

こんなエピローグもありかな？

俳優が全員、降ろされた幕の前に出てきて、観客にむかって語りかける。

皆さま、いましばらくご辛抱を！
ただいまご覧いただきました結末、私たちのせいではありません。
この寓話をこんなふうに終わらせよう、と、考えたのは作者です。
私たちには暗すぎます、このストーリー。
火事になるのも、芝居ならではと思いますが、
やっぱり不道徳ですらあるように思え……。
世界が没落するぞ、などと脅かすのも、いまじゃ、
あまりにも安っぽいお説教。そこで、問題が残るわけです。

いかにしてこの遺産相続ゲームを、良きものに転じることができるのか？
朗らかに始まったものは、朗らかに終わるべし。
だから私たちは——作者に罵られても——
もうひとつの、明るい結末を追い求めてきました。
舞台では世界が破壊され、燃えつきてしまった。
しかしまだ私たちには、四番目の、目に見えない壁が残ってます。
美しくも賢明なる紳士淑女の皆さま、
私たちとちがい、きっと皆さまは、愚かさとは無縁のはず。
自分までもが滅びかねないというときに、
権力や富を手に入れようと争ったりなんかしませんよね。
皆さまなら、つねに理性を失わず、最後には、
不信感や愚かさを、憎しみや不安を乗り越える道を見つけるはず。
要するに、です。ただいま舞台でお目にかけたことは、
皆さまの世界じゃ、絶対にありえない。
だから私たちにも、最後の道が残されてる。そう、皆さまのところへ逃げること！

歓迎していただけますか？　ぜひとも、よろしくお願いいたします。

俳優が全員、平土間の客席に降りる。

訳者あとがき

この本は、ミヒャエル・エンデ（一九二九年生まれ）の *Die Spielverderber — Eine komische Tragödie in fünf Akten*（ゲームをぶちこわす者たち——五幕の喜劇的な悲劇）の全訳である。底本は、タイプ印刷の舞台上演用台本。エンデからの手紙によれば、新しい版のタイトルは、*Das Erbe des Herrn Philadelphia oder Die Spielverderber — Komische Tragödie in fünf Akten*（フィラデルフィア氏の遺産　あるいは　ゲームをぶちこわす者たち——五幕の喜劇的な悲劇）となる予定らしい。

この戯曲は、『ジム・ボタン』二部作の発表後、一九六二年から六五年にかけて書かれた。一九六七年フランクフルトでの初演は、演出その他の事情から不成功におわり、新聞評でも「失敗したメールヘン喜劇」などとたたかれた。『遺産相続ゲーム』は、じゅうぶんに理解されないまま十七年間の眠りにつき、一九八四年になってケルンで再演され、好評をはくした。

「作者ノート」は、もともと演出家や俳優のために書かれたタイプ原稿の注釈だが、「舞台関係者以外の人にも役にたつはずだし、この説明がないと誤解が生じやすいので」というエンデの要望で、「付録」として翻訳した。ところが、たとえばニーニヴェの年齢は本文では十六、七歳という設定なのに、作者ノートでは十四歳となっている。この種のずれはともかくとしても、一般に「作品」と「作者の意図」は、いつもぴったりと一致するわけではない。もしも、作品と作者の意図がぴったり一致して、「ずれ」や「誤解」がまったく生じないとすれば、かえってそれによって、作品の貧しさが証明されたことになるだろう。だから作者ノートは、たんなるひとつの参考資料とみなすほうがいいのかもしれない。

「ヨハネ(ス)の黙示録」には、フィラデルフィアの教会にあてた手紙の箇所(第三章第七—十三節)がある。フィラデルフィアという地名の意味は「兄弟愛」。『オリーブの森で語りあう』の冒頭には、兄弟愛の必要を説いたドストエフスキーの文章が置かれているが、エンデは、需要・供給の法則による経済システムより、兄弟愛による経済システムのほうを、はるかに望ましいと考えている。

ヨハネス・フィラデルフィア氏の遺産をめぐる黙示録的な『遺産相続ゲーム』では、

兄弟愛の必要がネガティヴなかたちで示されているわけだが、十八世紀の啓蒙主義者レッシングの戯曲『賢者ナータン』の「三つの指輪の寓話」――これも遺産をめぐる話――では、愛と寛容の精神がポジティヴなかたちで語られている。

西洋合理主義の限界を超えようとするエンデは、理性の否定者ではないが、人びとの想像力をはばたかせて、意識の変化によって世界の変革をめざすユニークな作家なので(本人は「啓蒙家」というレッテルを嫌うけれども)、二十世紀後半を代表するロマン的啓蒙主義者といえるだろう。『遺産相続ゲーム』は、そういうエンデ文学のX線写真とも考えられる。

翻訳にあたって、妻の宮子には日本語の読者という立場から、訳稿に細かく注文をつけてもらった。また編集部の大塚信一さんと坂下裕明さんには、いろいろお世話になりました。お礼を申しあげます。

一九八六年六月

丘沢静也

現代文庫版・訳者あとがき

『遺産相続ゲーム』は日本では、一九八七年に六本木の俳優座劇場で、末木利文の演出、仲谷昇、岩崎加根子たちプロの豪華な配役で初演され、なかなかの舞台だった。

この戯曲(一九六七年)は、先に邦訳が岩波書店の単行本(一九八六年)として出版され、ドイツでは一九八九年になってヴァイトブレヒト書店から出た。ヴァイトブレヒト書店版のタイトルは、*Die Spielverderber oder Das Erbe der Narren — Commedia Infernale*(ゲームをぶちこわす者たち　あるいは　愚か者どもの相続財産——地獄の喜劇)。こちらには、〈はじめに〉をはじめとして、芝居の性格や、登場人物などの説明はもちろん、「火事を消さなかった」理由にいたるまで、いろいろ〈付録〉がついている。この戯曲への、エンデの愛着ぶりがうかがえる。

けれども、芸術や演劇や文学では、ヨーゼフ・ボイスも言うように、「自分のことをなによりもよく理解してもらおうとする人こそ、なによりも理解されない」場合がある。

というわけで、岩波同時代ライブラリー版(一九九二年)では、岩波単行本版のテキストをまるごと収め、それに加えてヴァイトブレヒト版から、〈はじめに〉(エンデが自己批判していて、なかなかおもしろい!)と、〈ヨハネス・フィラデルフィアの宮殿の正面玄関うえに刻まれた銘〉を訳出した。

今回の岩波現代文庫版は、この同時代ライブラリー版を底本にした。

そのうえで、さらにヴァイトブレヒト版から、〈付録〉の一番最後に置かれている〈こんなエピローグもありかな?〉をつけ加えることにした。物語職人エンデは、一九九五年、六五歳の若さで亡くなったが、生涯、エンターテイナーであろうとし、折りにふれて、「私の作品は、学校でも教会でもない」と発言してきた。けれども、エンデ作品に魅力と人気があるのは、楽しい「もうひとつの学校」であり、もうひとつの教会」であるからだろう。そこで今回は、ポジティブで陽気な要素を大切にしていた名エンターテイナーを偲んで、〈こんなエピローグもありかな?〉を訳出することにした。

イギリス留学中の二一歳の山田亜希子さんに助言してもらって、同時代ライブラリー版の表現にすこし手を入れた。作曲家の林光さんに解説をお願いした。林光さんは、ユニークな日本語オペラシアターこんにゃく座の芸術監督でもあり、作曲はもちろん、オペラによっては台本も書いておられる。編集担当は、岩波現代文庫編集部の中西沢子さん。ありがとうございました。

二〇〇八年七月

丘沢静也

解　説

林　光

『遺産相続ゲーム』は、完成(一九六五年)の二年後、一九六七年に初演されて不評をこうむり一九八四年の再演でようやく好評を博す。

初演の失敗は、作者の意図を実現し得なかった演出や、背景にあった劇場内の不協和音によるところが大きい、と言われている(言われてきた)。

けれども、エンデの戯曲そのものにも、舞台にかけて見物衆をいっぺんに楽しませるには、ひとくふうが必要、というところが多々ある、とも言える。

いっぺんに楽しませる、と書いた。芝居見物(あるいはひろく舞台芸能)はそういうもので、その日劇場にやってきたお客は、まえもって戯曲を読んだり、作者の解説や演出家の意図や批評家の意見を知っておかなくても、芝居だけを見て満足して帰る、あるいは大満足とはいかなくても、いやたとえ見せられた芝居の内容に大反対でも、ちからのこもった芝居を見たという満足感は得て家へ帰れる、というものでなければいけないと、ぼくは思っている。

思ってはいるが、じゃあ戯曲というのは、そんな舞台をつくりだすためのタネ本にすぎないのか、役者がしゃべる台詞の書き抜きを集めて綴じたものでしかないのかと言えばそうではないだろう。

チェーホフの戯曲の二幕目の台詞のひとことが、四幕目の幕切れちかくのべつの人物のひとことと、どうつながっているか、リヒャルト・シュトラウスのオペラのある箇所で、一見なにげなく思えるオーケストラのひと刷毛《はけ》が、ひとりの人物のかくされた心理を、どう見事に、「説明でなく直感」させるかは、いちど見、いちど聞いただけではおそらくつかめない。

戯曲は役者が舞台で演じる劇の元本であると同時に、戯曲という表現形式による文学作品、読み物の一種でもある。舞台にかけられた芝居は、お客の注文で前へ戻ったりできないが、読み物は読者が好きなときに戻ってたしかめたり、飛ばして先へ進んだり自由がきく。

ミステリーなんかでは、名前だけでは思い出せない怪しい人物はどこに出ていたっけと、前へ戻ってさがしたりすることがよくあるが、それだけではなく、この人はさっきも同じようなことを言ったはずだ、とか、ふたりだけの時なにを話していたんだっけ、とかたしかめながら読むことで、戯曲は面白くなる。舞台を見るのとちがって、自分の解釈で読めるし、この人物はどんな歩き方をするだろうとか、一歩進めて、こいつにこういう歩き方をさせてやろう、なんて考えるのもいい。

さて、エンデだ。初演の失敗に懲りて、それも自分の意図が理解されなかったせいだと思ったのだろう。戯曲のあとに「演出上のいくつかの注意」がつづき、さらに、訳者の丘沢静也さんによれば、作者の要望で、べつの機会に主として劇場人たちのために書かれたけっこう長い注釈「作者ノート」が付録として付け加えられている。

はじめて書いた戯曲への作者の強い愛着が感じられるが、作品そのものがすなわち注釈でもある、というのが「作品」のありかたではないかと、ぼくは思う。読者も、まずは作品そのものを読み、読み返しして、その中に注釈を見つけるというのがよさそうだ。

「作者ノート」は、戯曲のテーマと構造について述べ、また全部の登場人物について性格の分析をおこなっている。だが、ぼくはそれよりも、戯曲のト書きとして書き込まれている、非現実的な物音、呻く宮殿、鳥の鳴き声や羽音、ドアの閉まる音、こだまのようにくりかえされる登場人物の台詞のひとこまなど、そしてやがて次第に進行する宮殿の腐食、崩落そして火災の方に惹きつけられる。

宮殿、つまり世界は、死につつあるのか。でも登場人物たちは音を聞かず、宮殿の変貌を見ないで、互いの駆け引きをくりかえす。彼らのそうした行為が、宮殿の死を進行させる。

ぼくは、『遺産相続ゲーム』の舞台を見たことはない。もちろん見てみたい気持ちはあるけれど、これらの音や宮殿の変貌を想像しながら登場人物たちの台詞を戯曲として読むのも、なかなか面白い。台詞まわしももちろんだが、音の響きや壁の崩れる様子も自分流に頭の中で演出しながら読む楽しみも、このエンデの戯曲は与えてくれる。

（作曲家）

〈編集付記〉

本書の本文中には差別的表現がみられる場合がありますが、文学作品のテキストという性格を考慮して、そのままにしました。

本書は一九八六年七月に単行本として、一九九二年一二月に同時代ライブラリーとして岩波書店よりそれぞれ刊行された。底本には、同時代ライブラリー版を用いた。現代文庫収録にあたり、原書一九八九年版より「こんなエピローグもありかな?」を新たに付け加えた。

遺産相続ゲーム—地獄の喜劇　　ミヒャエル・エンデ

2008年10月16日　第1刷発行

訳　者　丘沢静也《おかざわしずや》

発行者　山口昭男

発行所　株式会社 岩波書店
〒101-8002 東京都千代田区一ツ橋2-5-5

案内 03-5210-4000　販売部 03-5210-4111
現代文庫編集部 03-5210-4136
http://www.iwanami.co.jp/

印刷・精興社　製本・中永製本

ISBN 978-4-00-602139-9　　Printed in Japan

岩波現代文庫の発足に際して

新しい世紀が目前に迫っている。しかし二〇世紀は、戦争、貧困、差別と抑圧、民族間の憎悪等に対して本質的な解決策を見いだすことができなかったばかりか、文明の名による自然破壊は人類の存続を脅かすまでに拡大した。一方、第二次大戦後より半世紀余の間、ひたすら追い求めてきた物質的豊かさが必ずしも真の幸福に直結せず、むしろ社会のありかたを歪め、人間精神の荒廃をもたらすという逆説を、われわれは人類史上はじめて痛切に体験した。

それゆえ先人たちが第二次世界大戦後の諸問題といかに取り組み、思考し、解決を模索したかの軌跡を読みとくことは、今日の緊急の課題であるにとどまらず、将来にわたって必須の知的営為となるはずである。幸いわれわれの前には、この時代の様ざまな葛藤から生まれた、人文、社会、自然諸科学をはじめ、文学作品、ヒューマン・ドキュメントにいたる広範な分野のすぐれた成果の蓄積が存在する。

岩波現代文庫は、これらの学問的、文芸的な達成を、日本人の思索に切実な影響を与えた諸外国の著作とともに、厳選して収録し、次代に手渡していこうという目的をもって発刊される。いまや、次々に生起する大小の悲喜劇に対してわれわれは傍観者であることは許されない。一人ひとりが生活と思想を再構築すべき時である。

岩波現代文庫は、戦後日本人の知的自叙伝ともいうべき書物群であり、現状に甘んずることなく困難な事態に正対して、持続的に思考し、未来を拓こうとする同時代人の糧となるであろう。

（二〇〇〇年一月）

B84
長谷川伸論
―義理人情とはなにか―
佐藤忠男

「瞼の母」「一本刀土俵入」「日本敵討異相」……大衆文学の巨匠長谷川伸。義理人情と日本人の情感の根源に迫る迫真の力作評伝。

B85
綱大夫四季
―昭和の文楽を生きる―
山川静夫

八世竹本綱大夫は風を重んじた格調ある理知的な語りを完成した。文楽界と大阪に生きる芸人の姿を敬愛の念をこめて描いた力作評伝。〈解説〉永　六輔

B86
一葉語録
佐伯順子編

貧苦の中でも志高く、恋に文学に社会そのものに真剣に向き合った作家樋口一葉。その言葉を、日記、手紙等から選び、原文と現代語訳で紹介する。

B87
人間の條件（上）
五味川純平

一九四三年の満洲で梶と美千子の愛の物語がはじまる。知識人の良心と恐怖の葛藤、全てを押し流す戦争……戦後文学の一大記念碑。（全3冊）

B88
人間の條件（中）
五味川純平

ソ満国境に配属された梶にソ連戦車隊の轟音が迫る……消耗品として棄てられてなお人間であることの意味を問う戦後文学の巨編。

B89
人間の條件(下)
五味川純平

ソ連戦車隊が国境線を越えた。敗走、雪の曠野を彷徨する梶は……非人間的な世界を人間的に生きようと闘った人間の物語遂に完結。〈解説〉小宮山量平

B90
芸人 その世界
永 六輔

著者の仕事の原点となった作品。肩身の狭さを克服するために修業を重ねた芸人の「面白うてやがて悲しき」生涯を簡潔な筆致で描く。

B91~93
物語 戦後文学史(上)(中)(下)
本多秋五

独自の文学観から、戦後文学と文学者の活躍を同時代者の眼できびしく、ユーモラスに描き、戦後体験を思想として定着させた名著。(全3冊)〈解説〉川西政明

B94
私は河原乞食・考
小沢昭一

トクダシ・ストリッパーの体験談を聞き、香具師の口上を採録し、ホモ・セクシュアルと芸の関係を考察して、芸能の原点に迫る。〈解説〉鳥越文蔵

B95
けんかえれじい(上)
鈴木 隆

南部麒六は洗礼名アウグスチノ、スッポン先生直伝の喧嘩必勝法を身につけ、岡山、会津、早稲田に男を磨く。昭和痛快青春小説。(全2冊)〈解説〉鈴木涼太

2008. 10

B96
けんかえれじい(下)
鈴木隆

南部麒六は、昭和一八年新潟県の高田独立山砲兵第一連隊に入営、宮沢賢治童話集を携え、中国戦線を転々。喧嘩道に磨きがかかるか？〈解説〉今江祥智

B97
日本の詩歌
―その骨組みと素肌―
大岡信

詩人の感性と知性が古典詩歌の魅力を描く。仏読書界に強い知的刺激を与えた、コレージュ・ド・フランスでの講義テキスト全五講。

B98
歌舞伎 ちょっといい話
戸板康二

昭和末から平成にかけての歌舞伎座の演目、俳優に因むエピソードが短文で綴られる。該博な知識と歌舞伎への愛情に満ちた恰好の入門書。〈解説〉犬丸治

B99
宮沢賢治「風の又三郎」精読
大室幹雄

賢治童話の代表作を法華経に傾倒した彼の仏教的世界観から読み解く。勤勉な印象で語られてきた賢治像を転換する近代日本の一裏面。

B100
花と龍(上)
火野葦平

明治末、北九州若松港の玉井金五郎とマンの夫婦は度胸と義侠心で荷役労働者を束ね、波止場の暴力と闘う。波乱万丈の実録小説。(全2冊)

2008.10

B101
花と龍(下)
火野葦平

市会議員となった金五郎、深まる因縁の対立、そして女たちマンと彫青師お京……北九州若松に展開する波乱万丈の物語・完結。

B102
夜の言葉
―ファンタジー・SF論―
ル゠グウィン
山田和子他訳

ファンタジーは詩と同様、夜の言葉を語るもの――『ゲド戦記』の作者が自らの創作の秘密を明かし、ファンタジーとSFの本質に迫るエッセイ集。

B103
芸術原論
赤瀬川原平

ネオダダ、千円札模写事件、超芸術トマソン、路上観察……。同時代を挑発し続けてきた著者が最も根源的に「芸術」を再定義する。〈解説〉椹木野衣

B104
役者その世界
永六輔

「生きるって面白い」と感じさせられる、芸の世界の神話、伝説、エピソードの数々。凝縮された短文で描かれた昭和芸能史。

B105
日本の放浪芸 オリジナル版
小沢昭一

自らのルーツを確認すべく万歳の門付けを体験し、絵解き、舌耕芸、猿回しなど消滅しつつあった放浪芸を探索した民俗芸能の貴重な記録。〈解説〉三隅治雄

B106
釋迢空ノート
富岡多恵子

戒名を筆名とした詩人・折口信夫は何を秘していたのか。虚と実、学問と創作の狭間に生きた巨人の軌跡を描き出す渾身の評伝。〈解説〉藤井貞和

B107
京の路地裏
吉村公三郎

舞妓、祇園、京言葉……、京を舞台に多くの映画を監督した巨匠が鋭い観察眼と絶妙な距離感で描く古都の裏表。秀逸な旅行案内。〈解説〉新藤兼人

B108
幻景の明治
前田　愛

幕末維新から日露戦争に至る時期の社会事象を例に、明治の特質を発掘、再構成してその原風景たる「幻景の明治」を見定める。〈解説〉川本三郎

B109
蒼ざめた馬
ロープシン
川崎　浹訳

二〇世紀黎明のロシアのテロ指揮者サヴィンコフが、爆弾を言葉に持ち替えて描いたこの詩的小説は、9・11以後の黙示録である。

B110
幻景の街
―文学の都市を歩く―
前田　愛

『たけくらべ』の吉原や『なんとなく、クリスタル』の原宿……作品の中の「幻景の街」を復元し、作家たちが街に寄せる愛情を描く。〈解説〉川本三郎

2008. 10

岩波現代文庫［文芸］

B111
荷風好日　川本三郎
東京の町を歩いて『断腸亭日乗』の世界を追体験し、林芙美子、坂口安吾らの荷風評価にふれ、リヨンとパリに荷風の足跡をたどる。

B112
野坂昭如ルネサンス①
好色の魂　野坂昭如
「好色出版の帝王」貝原北辰。その奔放無頼の生涯を、「四畳半襖の下張」裁判を闘った野坂昭如が共感と敬意をこめて描いた異色長編。〈解説〉永　六輔

B113
野坂昭如ルネサンス②
水虫魂　野坂昭如
草創期の広告・放送業界をたくみに遊泳して芸能プロの社長にのしあがっていく寺川友三。戦後の繁栄の虚しさと焼跡闇市への郷愁を描く。〈解説〉永　六輔

B114
野坂昭如ルネサンス③
マリリン・モンロー・ノー・リターン　野坂昭如
妄想にとりつかれた人間を主人公として、遠国の美女への願望、現実逃避をテーマとする短編集。性と死を執拗に直視した問題作五編。〈解説〉横尾忠則

B115
野坂昭如ルネサンス④
騒動師たち　野坂昭如
大阪・釜ケ崎の騒動師たちが東大安田講堂攻防戦で「総学連」に味方して機動隊と一大決戦を繰り広げる、破天荒の長編小説。〈解説〉川本三郎

2008. 10

B116
野坂昭如ルネサンス⑤
とむらい師たち
野坂昭如

万博に対抗して葬博の実現にかける「ガンめん」、葬儀のレジャー産業化に狂奔する「ジャッカン」。彼らの奇行愚行、笑いと哀しみ。〈解説〉百川敬仁

B117
野坂昭如ルネサンス⑥
骨餓身《ほねがらみ》峠《とうげ》死人《ほとけ》葛《かずら》
野坂昭如

昭和初期、九州の葛炭坑を舞台に繰り広げられる近親相姦の地獄絵、妖しく光る異常な美の世界。濃密な文体で綴られる野坂文学の極致。〈解説〉松本健一

B118
野坂昭如ルネサンス⑦
童女入水
野坂昭如

男の歓心を買うために娘を虐待する母。激しい折檻を受け、自ら浴槽で入水した八歳の娘。人間の実存を凝視し、現在を予見した問題作。〈解説〉村松友視

B119
三国志曼荼羅
井波律子

なぜ諸葛孔明は愛されるか。『三国志演義』と千数百年前の正史『三国志』との関わり。比類なき物語世界の醍醐味を縦横無尽に描きだす。

B120
私のなかの東京
―わが文学散策―
野口冨士男

記憶の中の残像と幾多の文学作品を手がかりに、変貌を遂げた街の奥行きを探索する。愛情溢れる追想と実感に満ちた東京散歩。〈解説〉川本三郎

岩波現代文庫[文芸]

B121
説経節を読む
水上 勉

説経節の中でもよく知られている「さんせう太夫」など五作品を、著者が自らの体験・人生を通し解説する。人間の業を見すえる。〈解説〉犬丸 治

B122
黒の試走車
梶山季之

一九六〇年代初頭、自動車メーカーの熾烈な新車開発競争と産業スパイの暗躍を初めて描き出し、一世を風靡した企業情報小説の傑作。〈解説〉佐野 洋

B123
族譜・李朝残影
梶山季之

植民地朝鮮での経験を基底にして、日本人の責任を問い続けた作者による秀逸な作品群。表題作の他、「性欲のある風景」も収録。〈解説〉渡邊一民

B124
ルポ 戦後縦断
―トップ屋は見た―
梶山季之

皇太子妃スクープ、赤線廃止等、昭和30年代を彩る硬軟双方の主題を描いた著者渾身のルポルタージュ選。しなやかな取材で現場を描く。

B125
今ひとたびの戦後日本映画
川本三郎

昭和二〇年代、数々の名作は戦争の影をどう描いたか。原節子、田中絹代、なぜ女優たちはかくも輝いていたか。瑞々しい感覚で描き出す。〈解説〉井波律子

2008.10

岩波現代文庫[文芸]

B126
ギリシア文学散歩
斎藤忍随

恐ろしき教えで人間の驕慢を戒める、非情の神アポローン。その姿を追いつつ、悲劇的精神が織りなすドラマの世界を逍遥する。
〈解説〉左近司祥子

B127
古典を読む 万葉集
大岡信

詩人の感性を開いて万葉の広々とした言語世界に接し、歴史と人間のドラマをみとり、現代にも通ずる限りない面白さを解き明かす。

B128
自由の牢獄
ミヒャエル・エンデ
田村都志夫訳

手紙・手記・パロディ・伝記など、さまざまな実験的手法を駆使しながら、長い熟成期間を経てまとめあげられた傑作短篇小説集。

B129
実践 英文快読術
行方昭夫

英語再入門を志す人が、「涙なしで」学べる一冊。基礎編では、きちんと読むためのポイントを解説、実践編では喜劇をまるごと読んでみる。

B130
近代美術の巨匠たち
高階秀爾

あの名作は、どのようにして生まれたのか。印象派以降、エコール・ド・パリ派に至るまでの近代美術の巨匠13人の評伝集。

2008. 10

岩波現代文庫［文芸］

B131
こんな美しい夜明け
加藤　剛

テレビ「人間の條件」でのデビューから四七年、撮影時の逸話と忘れえぬ出会い、時代と向き合う真摯な姿勢を流麗な筆致で描く。

B132
増補 戦後写真史ノート
―写真は何を表現してきたか―
飯沢耕太郎

戦後、日本の写真は何をどう表現してきたのだろうか。写真家の活動を中心に、写真表現の歴史を五つの時代区分によって描き出す。

B133
大正幻影
川本三郎

隅田川を原風景に佐藤春夫、谷崎、芥川、荷風が描いた淡い夢。大正は激動の明治と昭和の狭間で「幻影」にふさわしい時代であった。〈解説〉持田叙子

B134
こころはナニで出来ている？
工藤直子

父と一緒に野原に散歩。出会った虫、草花、そよぐ風に、少女はどんな物語を見つけたのか。詩集「のはらうた」で知られる著者が紡ぐ家族の物語。

B135
語学者の散歩道
柳沼重剛

ギリシア・ローマの古典が起源のことわざや意外な英語の語源、語学学習の落とし穴……。蘊蓄とウィットに富んだ楽しいエッセイ集

2008.10